Dieses Buch enthält in englisch-deutschem Paralleldruck zehn Kurzgeschichten englischer (britischer) Autoren. Es sind Geschichten von Jungen und Mädchen vor und in der Pubertät, von erfolgreichen und gescheiterten Erwachsenen, von schlichten und gewitzten Älteren, von liebenswerten und abscheulichen Alten.

Es sind erheiternde und beunruhigende Geschichten, flotte und hintersinnige. Lauter gute. Alle sind innerhalb der letzten fünfzehn Jahre erstmals erschienen.

Sechs spielen im heutigen Britannien und sind damit (auch) Beiträge zur aktuellen Landeskunde. Eine spielt vor dreieinhalb Jahrhunderten in einer englischen Landadels-Szenerie, enthält aber eine moderne (emanzipatorische) Pointe. Eine spielt vor dreihundert Jahren in Frankreich, ist aber nicht bloß Historie, sondern ein Stück Aufarbeitung der britischen und der christlichen Vergangenheit. Eine spielt im heutigen Teheran, und Britannien spielt am Rande mit, als ein verheißungsvolles und dann doch verschmähtes fernes Land. Eine spielt in Moskau nach Stalins Tod – und die weit über den Schnauzbart hinaus gesehene Assimilierung an den großen Führer ist nicht bloß ein russisches Phänomen…

Also: Es weht ein kosmopolitischer Hauch durch dieses Buch. Die zwei Autoren nicht-britischer Herkunft sind zwei Anlässe mehr für eine neue Begriffsbestimmung der Englischen Literatur.

dtv zweisprachig · Edition Langewiesche-Brandt

CONTEMPORARY BRITISH SHORT STORIES

ENGLISCHE KURZGESCHICHTEN

Auswahl und Übersetzung von Harald Raykowski
unter Mitarbeit von Stefanie Lotz

Deutscher Taschenbuch Verlag

Deutsche Erstausgabe/Neuübersetzung
Deutscher Taschenbuch Verlag GmbH & Co. KG, München
1. Auflage Juni 1997
Copyright-Nachweise Seite 212ff
Umschlagkonzept: Balk & Brumshagen
Umschlagbild von Leon Kossoff:
«Vor der U-Bahnstation Kilburn, Sommer 1976»
Gedruckt auf säurefreiem, chlorfrei gebleichtem Papier
Satz: WDesign, Höchstädt Ofr.
Gesamtherstellung: Kösel, Kempten
ISBN 3-423-09359-5. Printed in Germany

Julian Barnes
Dragons

Pierre Chaigne, carpenter, widower, was making a lantern. Standing with his back to the door of his workshed, he eased the four oblongs of glass into the runners he had cut and greased with mutton fat. They moved smoothly and fitted well: the flame would be secure, and the lantern would cast its light in all directions, when this was required. But Pierre Chaigne, carpenter, widower, had also cut three pieces of beechwood the exact size of the panels of glass. When these were inserted, the flame would be cast in a single direction only, and the lantern would be invisible from three of the four compass points. Pierre Chaigne trimmed each piece of beechwood carefully, and when satisfied that they slid easily within the greased runners, he took them to a place of concealment among the discarded lumber at one end of the workshed.

Everything bad came from the north. Whatever else they believed, the whole town, both parts of it, knew that. It was the north wind, arching over the Montagne Noire, that made the ewes give birth to dead lambs; it was the north wind which put the devil into the widow Gibault and made her cry out, even at her age, for such things that she had to be stopped in the mouth with a cloth by her daughter, lest children or the priest hear what she wanted. It was to the north, in the forest on the other side of the Montagne Noire, that the Beast of Gruissan lived. Those who had seen it described a dog the size of a horse with the spots of a leopard, and many was the time, in the fields around Gruissan, that the Beast had taken livestock, even up to a small calf. Dogs sent by their masters to confront the Beast had had their heads bitten off. The town had petitioned the King, and the King sent his principal arquebus-

Julian Barnes
Dragoner

Pierre Chaigne, Zimmermann, Witwer, war dabei, eine Laterne anzufertigen. Er stand mit dem Rücken zur Tür seiner Werkstatt, während er die vier rechteckigen Glasscheiben in die Kerben schob, die er geschnitten und mit Hammelfett geschmiert hatte. Sie glitten gut und passten genau: Die Flamme würde geschützt sein, die Laterne würde ihr Licht, wenn nötig, nach allen Seiten werfen. Aber Pierre Chaigne, Zimmermann, Witwer, hatte auch drei Brettchen aus Buchenholz geschnitten, die genauso groß waren wie die Glasscheiben. Würden sie eingesetzt, dann fiele der Lichtschein nur in eine Richtung, und die Laterne wäre aus drei der vier Himmelsrichtungen unsichtbar. Pierre Chaigne hobelte die Buchenbrettchen sorgfältig glatt, und als er sich überzeugt hatte, dass sie sich leicht in die gefetteten Rillen schieben ließen, brachte er sie in ein Versteck unter dem Abfallholz am andern Ende der Werkstatt.

Alles Übel kam aus dem Norden. Was sie auch sonst glauben mochten, das jedenfalls wusste die ganze Stadt, beide Teile. Der Nordwind, der über die Montagne Noire herunterkam, machte, dass die Schafe tote Lämmer zur Welt brachten, der Nordwind hatte gemacht, dass die Witwe Gibault vom Teufel besessen war und dermaßen geschrieen hatte, dass ihre Tochter ihr ein Tuch in den Mund stopfen musste, damit Kinder und der Pfarrer nicht hörten, wonach sie trotz ihres Alters verlangte. Im Norden, auf der anderen Seite der Montagne Noire, hauste die Bestie von Gruissan. Die sie gesehen hatten, beschrieben sie als einen Hund von der Größe eines Pferdes und mit Flecken wie ein Leopard, und viele Male schon hatte die Bestie auf den Weiden bei Gruissan Tiere gerissen, sogar ein kleines Kalb. Hunden, die von ihren Herren losgehetzt wurden, die Bestie zu stellen, war der Kopf abgebissen worden. Die Stadt hatte ein Gesuch an den König gerichtet, und der König hatte seinen besten Arkebusier geschickt.

ier. After much prayer and ceremony, this royal warrior had set off into the forest with a local woodsman, who shamefully had run away. The arquebusier emerged, several days later, empty-handed. He had returned to Paris, and the Beast had returned to its foraging. And now, they said, the dragons were coming, from the north, the north.

It was from the north, twenty years before, when Pierre Chaigne, carpenter, widower, had been a boy of thirteen, that the Commissioners had come. They had arrived, the two of them, lace at the wrist and severity upon the face, escorted by ten soldiers. They examined the temple and heard evidence, from those who came forward, concerning the enlargements that had taken place. The next day, from a mounting block, the senior of the Commissioners had explained the law. The King's Edict, he said, had given protection to their religion, that was true; but such protection had been awarded only to the religion as it had been constituted at the time of the Edict. There had been no licence to enlarge their cult: the enemies of the King's religion had been granted toleration but not encouragement. Therefore all churches built by the religion since the Edict were to be torn down, and even those churches which had merely been enlarged were to be torn down as warning and instruction to those who continued to defy the King's religion. Further, to purge their crime, it was the builders of the temple themselves who were to demolish it. Pierre Chaigne remembered at this point an outcry from those assembled. The Commissioner had thereupon announced that, in order to speed the work, four children from among the enemies of the King's religion had been placed under guard by the soldiers, and would be well and safely guarded, furnished with all that they required to eat, for as long as the dismantling of the temple might take. It was at this time that a great sadness came over the

Nach langen Gebeten und Zeremonien war dieser königliche Krieger in die Wälder gegangen, begleitet von einem Forstknecht, der aber feige davonlief. Der Arkebusier kam nach einigen Tagen zurück, mit leeren Händen. Er war nach Paris zurückgegangen, und die Bestie hatte weiter gewildert. Und jetzt, sagten sie, kämen die Dragoner aus dem Norden, dem Norden.

Aus dem Norden waren vor zwanzig Jahren, als Pierre Chaigne, Zimmermann, Witwer, ein Junge von dreizehn Jahren war, die Commissäre gekommen. Sie waren gekommen, zu zweit, Spitzenmanschetten an den Ärmeln und Strenge im Gesicht, begleitet von zehn Soldaten. Sie untersuchten das Gebetshaus und hörten Zeugnis von denen, die dazu bereit waren, die Anbauten betreffend, die errichtet worden waren. Am nächsten Tag hatte der ältere der beiden Commissäre von einem Steigstein aus das Gesetz erklärt. Der Edikt des Königs, sagte er, habe ihrer Religion Schutz zuteil werden lassen, das sei wahr; aber dieser Schutz sei nur der Religion gewährt worden, wie sie zum Zeitpunkt des Edikts beschaffen war. Eine Erlaubnis zur Ausbreitung der neuen Lehre sei nicht erteilt worden: man habe den Feinden der Religion des Königs Duldung gewährt, nicht aber Ermutigung. Deshalb müssten alle Kirchen, die seit dem Edikt errichtet worden seien, wieder abgerissen werden, und sogar solche Kirchen, die nur erweitert worden waren, müssten abgerissen werden als Warnung und Mahnung für jene, die weiterhin die Religion des Königs ablehnten. Um ihr Verbrechen zu sühnen, sollten es die Erbauer des Gebetshauses selbst sein, die es wieder abrissen. Pierre Chaigne erinnerte sich, wie die Versammelten an dieser Stelle aufschrieen. Daraufhin hatte der Commissär verkündet: Um die Arbeit zu beschleunigen, sollten vier Kinder von Feinden der Religion des Königs so lange unter die Aufsicht der Soldaten gestellt werden (und sie sollten gut und sicher behütet und mit allem, was sie zum Essen brauchten, versorgt werden), bis das Gebetshaus abgetragen sei. Zu dieser Zeit kam große Tauer über die Familie des Pierre Chaigne,

family of Pierre Chaigne, and shortly afterwards his mother had died of a winter fever.

And now the dragons were coming from the north. The priests of the King's religion had decreed that in the defence of the Holy Mother Church against the heretic anything was permissible, short of killing. The dragons themselves had another saying: What matter the road provided it lead to Paradise? They had come, not so many years before, to Bougouin de Chavagne, where they had cast several of the menfolk into a great ditch at the base of the castle tower. The victims, broken by their fall, lost as in the darkness of the tomb, had comforted themselves by singing the 138th Psalm. *"Though I walk in the midst of trouble, Thou wilt revive me: Thou shalt stretch forth Thine hand against the wrath of mine enemies, and Thy right hand shall save me."* But as each night had passed, the voices from the great ditch had grown fewer, until the 138th Psalm was chanted no more.

The three soldiers placed into Pierre Chaigne's household were old men, forty years at least. Two of them had scars visible on their faces despite their great beards. On the shoulder of their leather tunics they wore the winged beast of their regiment. An additional whorl of stitching indicated to those with military knowledge that these old men belonged to the *dragons étrangers du roi.* Pierre Chaigne had no such understanding, but he had ears, and they were enough. These men did not seem to follow anything Pierre Chaigne said to them, and spoke among themselves the rough tongue of the north, the north.

They were accompanied by the secretary of the Intendant, who read a short decree to Pierre Chaigne and his assembled family. It being given that the household of Pierre Chaigne, carpenter, widower, by its wilful failure to pay the Tallage, was in odious breach of the King's law, the dragons, one officer

und wenig später war seine Mutter an einem Winterfieber gestorben.

Nun sollten die Dragoner aus dem Norden kommen. Die Priester der Religion des Königs hatten verfügt, dass zur Verteidigung der Heiligen Mutter Kirche gegen die Ketzer außer Tötung alles erlaubt sei. Die Dragoner selbst hatten eine andere Losung: Wen kümmert der Weg, solange er ins Paradies führt? Wenige Jahre zuvor waren sie nach Bougouin de Chavagne gekommen, wo sie mehrere der Männer in einen tiefen Graben am Fuß des Burgturms geworfen hatten. Die Opfer, zerschmettert von ihrem Sturz, verloren wie in der Finsternis des Grabes, hatten sich zum Trost den 138. Psalm gesungen: «*Wenn ich auch mitten in Bedrängnis wandeln muss – du belebst mich. Gegen den Zorn meiner Feinde wirst du deine Hand ausstrecken, und deine Rechte wird mich retten.*» Aber mit jeder Nacht, die verging, waren die Stimmen aus dem tiefen Graben weniger geworden, bis der 138. Psalm nicht mehr zu hören war.

Die drei Soldaten, die in Pierre Chaignes Haus einquartiert wurden, waren schon alt, mindestens vierzig Jahre. Zwei von ihnen hatten Narben im Gesicht, die man trotz der struppigen Bärte sehen konnte. Auf der Schulter ihrer Lederumhänge trugen sie das geflügelte Ungeheuer ihres Regiments. Daneben verriet ein gestickter Schnörkel denen, die etwas vom Militär verstanden, dass sie zu den «dragons étrangers du roi» gehörten. Pierre Chaigne hatte keine solchen Kenntnisse, aber er hatte Ohren, und die genügten ihm. Diese Männer verstanden anscheinend nichts von dem, was Pierre Chaigne zu ihnen sagte, und untereinander sprachen sie die rauhe Sprache des Nordens, des Nordens.

Sie waren begleitet vom Schreiber des Landvogts, der Pierre Chaigne und seiner versammelten Familie eine kurze Order verlas. Es verhalte sich so, dass der Haushalt des Pierre Chaigne, Zimmermann, Witwer, durch mutwillige Versäumnis, die Abgabe zu zahlen, das Gesetz des Königs in schlimmer Weise gebrochen hatte; darum sollten die

and two men, would be quartered upon the Chaigne family, who were to supply such needs as they might have until such time as the household chose to pay the Tallage and raise the burden from themselves. When the secretary of the Intendant withdrew, one of the two common soldiers beckoned Pierre Chaigne's daughter Marthe towards him. As she advanced, he pulled from his pocket a small fighting animal which he held by the neck, and thrust it at her. Marthe, though merely thirteen years of age, had no fear of the beast; her calmness encouraged the family and surprised the soldier, who returned the creature to the long pocket stitched into the side of his trouser.

Pierre Chaigne had been accounted an enemy of the King's religion, and thereby an enemy of the King, but he did not admit to either condition. He was loyal to the King, and wished to live in peace with the King's religion; but this was not permitted. The Intendant knew that Pierre Chaigne could not pay the Tallage imposed, or that if he did pay it, the Tallage would immediately be increased. The soldiers had been placed into the household in order to collect the Tallage; but their very presence, and the cost of entertaining them, diminished still further any chance of payment. This was known and established.

The Chaigne household consisted of five souls: Anne Rouget, widow, sister of Pierre Chaigne's mother, who had come to them when her husband, a two-plough labourer, had died; after burying her husband according to the rites of the King's religion, she had accepted the cult of her sister's family. She had now passed fifty years of age, and was consequently growing feeble of mind, but still able to cook and make the house with her great-niece Marthe. Pierre Chaigne had also two sons, Henri, aged fifteen, and Daniel, aged nine. It was for Daniel that Pierre Chaigne felt the greatest alarm.

Dragoner, ein Offizier und zwei Mann, bei der Familie Chaigne einquartiert werden, die so lange alles bereitzustellen habe, wessen diese bedürften, bis der Haushalt gewillt sei, die Abgabe zu zahlen und sich so von der Bürde zu befreien. Als der Schreiber des Landvogts gegangen war, winkte einer der beiden einfachen Soldaten Pierre Chaignes Tochter Marthe zu sich heran. Als sie näherkam, nahm er aus seiner Tasche ein bissiges kleines Tier, das er am Nacken gepackt hatte, und hielt es ihr vors Gesicht. Marthe, obgleich erst dreizehn, hatte keine Angst vor dem Tier; ihre Unerschrockenheit machte ihrer Familie Mut und verblüffte den Soldaten, der das Tier wieder in die längliche Tasche steckte, die auf sein Hosenbein aufgenäht war.

Pierre Chaigne war als Feind der Religion des Königs bezeichnet worden und damit als Feind des Königs selber, aber beidem stimmte er nicht zu. Er war dem König treu ergeben und wünschte mit der Religion des Königs in Frieden zu leben; das aber ließ man nicht zu. Der Landvogt des Königs wusste, dass Pierre Chaigne die ihm auferlegte Abgabe nicht zahlen konnte oder dass sie, wenn er doch zahlte, sofort erhöht würde. Die Soldaten waren dem Haushalt zugewiesen worden, um die Abgabe einzutreiben, aber allein ihre Anwesenheit und die Kosten für ihre Verpflegung machten jede Aussicht auf Zahlung noch geringer. Das war bekannt und nachweisbar.

Der Haushalt Chaignes bestand aus fünf Seelen: Anne Rouget, Witwe, Schwester der Mutter von Pierre Chaigne, die zu ihnen gekommen war, als ihr Mann, ein Pflugknecht, starb. Nachdem sie ihren Mann entsprechend den Riten der Religion des Königs beerdigt hatte, war sie zum Glauben der Familie ihrer Schwester übergetreten. Inzwischen hatte sie ihr fünfzigstes Jahr überschritten, und infolgedessen wurde ihr Geist schwach, aber sie konnte noch immer kochen und mit ihrer Großnichte Marthe das Haus besorgen. Außerdem hatte Pierre Chaigne zwei Söhne, Henri, fünfzehn, und Daniel, neun Jahre alt. Um Daniel machte sich Pierre Chaigne die größten Sorgen.

The law governing the age of conversion had been twice changed. When Pierre himself had been an infant, it was established law that a child was not permitted to leave the church of his parents until he be fourteen years old, that age being considered sufficient to confirm mental capacity. Then the age had been reduced to twelve. But the new law had lowered it still further, to a mere seven years of age. The purpose of this change was clear. A child such as Daniel, not yet having that fixity of mind which comes with adult years, might be lured from the cult by the colours and scents, the finery and display, the fairground trickery of the King's religion. It was known to have happened.

The three *dragons étrangers du roi* indicated their needs with incomprehensible speech and lucid gesture. They were to occupy the bed, and the Chaigne family were to sleep where they liked. They were to eat at the table, the Chaigne family were to wait upon them and eat whatever they left. The key to the house was surrendered to the officer, as also were the knives which Pierre and his elder son naturally carried to cut their food.

The first evening, as the three soldiers sat waiting for their soup, the officer roared at Marthe as she was placing the bowls before them. His voice was loud and strange. "My stomach will think that my throat is cut," he shouted. The other soldiers laughed. Marthe did not understand. The officer banged on his bowl with his spoon. Then Marthe understood, and brought his food swiftly.

The secretary of the Intendant had stated that the dragons had lawfully been placed into the Chaigne household to collect the Tallage; and on the second day the three soldiers did make some attempt to discover any money or valuable property that might have been hidden. They turned

Das Gesetz, welches das Mindestalter für einen Religionswechsel bestimmte, war schon zweimal geändert worden. Als Pierre selbst noch ein kleines Kind war, bestimmte das Gesetz, dass ein Kind die Kirche seiner Eltern erst verlassen durfte, wenn es vierzehn Jahre alt war, da man erst diesem Alter genügend Vernunft zutraute. Dann war das Alter auf zwölf gesenkt worden. Aber das neue Gesetz hatte es noch weiter gesenkt, auf bloße sieben Jahre. Der Zweck dieser Änderung war klar. Ein Kind wie Daniel, dessen Verstand noch nicht so gefestigt war wie der eines Erwachsenen, ließ sich vielleicht durch die Farben und Düfte, die Pracht und den Pomp, die Jahrmarktsgaukeleien der Religion des Königs von seinem Glauben weg locken. Dergleichen war bekanntermaßen schon vorgekommen.

Die drei «dragons étrangers du roi» bedeuteten ihre Wünsche mit unverständlicher Sprache und eindeutigen Gesten. Sie würden sich das Bett nehmen, und die Familie Chaigne konnte schlafen, wo sie beliebte. Sie würden am Tisch essen, und die Familie Chaigne würde sie bedienen und das essen, was man ihr übrig ließ. Der Hausschlüssel wurde dem Offizier ausgehändigt, ebenso die Messer, die Pierre und sein ältester Sohn stets bei sich trugen, um ihr Essen zu schneiden.

Am ersten Abend, als die Soldaten dasaßen und auf ihre Suppe warteten, brüllte der Offizier Marthe an, die gerade die Teller hinstellte. Seine Stimme war laut und fremdartig. «Mein Magen wird denken, mein Hals sei durchgeschnitten», rief er. Die andern Soldaten lachten. Marthe verstand nicht. Da schlug der Offizier mit seinem Löffel auf den Teller. Marthe verstand und brachte rasch sein Essen.

Der Schreiber des Landvogts hatte erklärt, die Dragoner seien rechtmäßig im Haus der Chaignes einquartiert, um die Abgabe einzutreiben, und am zweiten Tag machten die drei Soldaten tatsächlich einen Versuch, etwaiges Geld oder Vermögen, das man versteckt haben könnte, aufzuspüren. Sie räumten Schränke aus, sahen unter dem Bett

out cupboards, looked beneath the bed, rooted in Pierre Chaigne's woodstacks. They searched with a kind of dutiful anger, not expecting to find anything concealed, but wishing it to be known that they had done what was formally demanded of them. Previous campaigns had taught them that the households they were first invited to occupy were never those of the rich. When their services had initially been engaged, many years ago at the end of the War, it had seemed obvious to the authorities to quarter the dragons with those who were best able to pay the Tallage. But this method proved slow; it strengthened the sense of fraternity among members of the cult, and produced some notable martyrs, the memory of whom often inspired the obstinate. Therefore it had been found more profitable to place the soldiers in the first instance into the families of the poor. This produced a useful division among the enemies of the King's religion, when the poor observed that the rich were exempt from the sufferings inflicted upon them. Swift conversions were many times thus obtained.

On the second evening, the soldier who kept the ferret in his long knee-pocket pulled Daniel on to his knee as the boy offered him some bread. He grasped Daniel so firmly by the waist that the infant immediately began to struggle. The soldier held in his free hand a knife with which he intended to cut his bread. He put the blade flat against the table, which was made from the hardest wood known to Pierre Chaigne, carpenter, widower, and with only a gentle push raised a crisp, transparent curl from the surface of the table.

"'Twould shave a mouse asleep," he said. Pierre Chaigne and his family did not understand these words; nor did they need to.

On the next day the soldiers used the ferret to slaughter a cockerel, which they ate for dinner, and finding the house cold at midday, though the sun

nach, stöberten in Pierre Chaignes Holzvorräten. Sie suchten mit einer Art pflichtschuldigem Ärger, nicht weil sie etwas zu finden erwarteten, sondern um deutlich zu machen, dass sie getan hatten, was von ihnen verlangt war. Frühere Kampagnen hatten sie gelehrt, dass es nie die Häuser der Reichen waren, die man sie zuerst in Beschlag nehmen ließ. Vor vielen Jahren, nach dem Krieg, als man ihre Dienste zum ersten Mal in Anspruch nahm, hatten es ihre Oberen noch für selbstverständlich erachtet, die Dragoner bei denen einzuquartieren, die am ehesten in der Lage waren, die Abgabe zu bezahlen. Aber dieses Vorgehen erwies sich als zeitraubend. Es stärkte das Zusammengehörigkeitsgefühl unter den Anhängern der neuen Lehre und brachte einige bekannte Märtyrer hervor, deren Andenken die Widerspenstigen oft noch bestärkte. Deshalb fand man es jetzt vorteilhafter, die Soldaten sogleich bei den Familien der Armen unterzubringen. Dies führte nämlich zu einer willkommenen Spaltung unter den Feinden der Religion des Königs, wenn die Armen entdeckten, dass den Reichen die Leiden erspart blieben, die ihnen aufgebürdet wurden. Auf diese Weise wurden oftmals schnelle Bekehrungen erreicht.

Am zweiten Abend hob der Soldat, der in seiner Knietasche das Frettchen hatte, Daniel auf sein Knie, als der Junge ihm Brot reichte. Er hielt Daniel so fest um die Taille, dass das Kind sich sogleich wehrte. Der Soldat hielt in seiner freien Hand ein Messer, mit dem er sein Brot schneiden wollte. Er legte es flach auf die Tischplatte, die aus dem härtesten Holz gefertigt war, das Pierre Chaigne, Zimmermann, Witwer, kannte, und als er die Klinge sachte über die Holzfläche schob, löste sich ein hauchdünner gekräuselter Span.

«Damit kann man ne schlafende Maus rasieren», sagte er. Pierre Chaigne und seine Familie verstanden die Worte nicht, aber das war auch nicht nötig.

Am nächsten Tag schlachteten die Soldaten mit Hilfe des Frettchens einen jungen Hahn und verspeisten ihn zum Abendessen, und als sie es im Haus mittags kalt fan-

was shining, they broke up two chairs and burnt them in the chimney, ignoring the pile of firewood beside it.

Unlike the King's religion, the cult could be celebrated anywhere that the faithful gathered, without attendance at the temple. The dragons made efforts to prevent the family of Pierre Chaigne from fulfilling their observances: the house was locked at night, and the three soldiers disposed themselves during the day so that they could spy upon the movements of the family. But they were outnumbered by five to three, and it happened sometimes that escape was possible, and thereby a visit to a house where the cult was being celebrated. Pierre Chaigne and his family openly talked of such matters in front of the dragons; and it seemed a kind of sweet revenge to do so. But the dragons in the town, who numbered around forty, had sources of intelligence, and although the members of the cult frequently changed the house in which they met, they were as frequently discovered by the soldiers. So the enemies of the King's religion chose to gather in the open air, in the forest to the north of the town. At first they met by day, and later only by night. Many feared that the Beast of Gruissan would descend upon them in the darkness, and the first prayer offered up was always a plea to be defended from the Beast. One night they were surprised by the dragons, who ran at them screaming, then beat and cut them with their swords, chasing them from the forest. The next morning, when the widow Gibault was not to be found, they returned to the forest and discovered her there, dead of the shock.

Pierre Chaigne was able to remember a time when the two populations of the town moved freely among one another, when a funeral or a marriage was celebrated by the whole community, without

den, obwohl die Sonne schien, zerbrachen sie zwei Stühle und verbrannten sie im Kamin, ohne den Stapel Brennholz zu beachten, der daneben lag.

Im Gegensatz zur Religion des Königs konnte die neue Lehre überall zelebriert werden, wo sich die Gläubigen versammelten, auch ohne dass sie das Gebetshaus aufsuchten. Die Dragoner versuchten, die Familie Pierre Chaignes an der Ausübung ihres Gottesdienstes zu hindern: nachts wurde das Haus abgeschlossen, und während des Tages verteilten sich die drei Soldaten, so dass sie beobachten konnten, wohin die Familienmitglieder gingen. Diese waren ihnen aber fünf zu drei überlegen, und so war es manchmal möglich, zu entkommen und dann ein Haus aufzusuchen, wo der Kult zelebriert werden sollte. Pierre Chaigne und seine Familie sprachen über derlei offen vor den Dragonern und empfanden das als eine süße Rache. Doch die Dragoner in der Stadt, etwa vierzig an der Zahl, hatten ihre Nachrichtenquellen, und obgleich die Anhänger der neuen Lehre oft das Haus wechselten, in dem sie sich trafen, wurden sie oft von den Soldaten aufgespürt. Darum beschlossen die Feinde der Religion des Königs, sich im Freien zu versammeln, im Wald nördlich der Stadt. Anfangs trafen sie sich bei Tage, dann nur noch bei Nacht. Viele hatten Angst, die Bestie von Gruissan könnte in der Dunkelheit über sie herfallen, und das erste Gebet, das jedesmal gesprochen wurde, war eine Bitte, von der Bestie verschont zu werden. Eines Nachts wurden sie von den Dragonern überrascht, die schreiend auf sie zugerannt kamen und sie dann mit Schlägen und Schwertstreichen aus dem Wald jagten. Als die Witwe Gibault am nächsten Morgen nicht aufzufinden war, kehrten sie in den Wald zurück und fanden sie dort, getötet vom Schrecken.

Pierre Chaigne konnte sich an Zeiten erinnern, als die beiden Einwohnerschaften der Stadt frei miteinander verkehrten, als eine Beerdigung oder eine Hochzeit von allen gemeinsam besucht wurde, ohne Ansehen des Bekennt-

regard for the creed of the participants. It was true that neither the adherents of the King's religion nor the members of the cult would enter one another's place of ritual; but one group would wait patiently outside for the ceremony to be completed, and then the whole town would follow, whether to the graveyard or to the wedding feast. But shared rejoicing and shared grief had fallen equally into desuetude. Similarly, it was now rare in the town for a family to contain members of both faiths.

Though it was summer, the dragons were in need of fire. They burnt all the furniture except that which they needed for their own use. Then they began to burn the finest wood of Pierre Chaigne, carpenter, widower. Lengths of weathered oak from trees cut by his father twenty years ago, prime sections of elm and ash, all were consumed by fire. To increase Pierre Chaigne's indignity and misery, he was himself made to saw the timber into combustible lengths. When the dragons observed that this fine wood burnt more slowly than they had hoped, they ordered Pierre Chaigne and his sons to build a great bonfire beside the workshed, and instructed them to keep the fire alight until all Pierre Chaigne's wood was consumed.

As Pierre Chaigne stood looking at the mound of ashes which was all that remained of his future as a carpenter, the officer said to him, "God's help is nearer than the door." Pierre Chaigne did not understand these words.

Next the soldiers took all Pierre Chaigne's tools, and those of his son Henri, and sold them to members of the King's religion. At first Pierre Chaigne felt his misery lift, for having deprived him of his timber the soldiers did him no further harm depriving him of his tools; and besides, the sale of all his fine implements might even bring in money

nisses der Beteiligten. Zwar betraten weder die Anhänger der Religion des Königs noch die der neuen Lehre die Gebetsstätten der jeweils anderen, doch wartete die andere Gruppe stets geduldig, bis das Zeremoniell beendet war, und dann folgte die ganze Stadt, sei es zum Friedhof, sei es zum Hochzeitsfest. Aber gemeinsames Feiern war nun ebenso unüblich wie gemeinsame Trauer. Ebenso kam es kaum noch vor, dass es in einer Familie Anhänger beider Glaubensbekenntnisse gab.

Obgleich es Sommer war, mussten die Dragoner Feuer im Kamin haben. Sie verbrannten sämtliche Möbel außer denen, die sie für sich selber brauchten. Dann fingen sie an, das beste Holz zu verbrennen, das Pierre Chaigne, Zimmermann, Witwer, besaß. Abgelagerte Eichenbalken von Bäumen, die sein Vater vor zwanzig Jahren gefällt hatte, und bestes Ulmen- und Eschenholz wurde vom Feuer gefressen. Um Chaignes Demütigung und Elend noch größer zu machen, musste er das Holz selber in brennbare Scheite schneiden. Als die Dragoner merkten, dass dieses gute Holz langsamer brannte als gedacht, befahlen sie Pierre Chaigne und seinem Sohn, neben der Werkstatt einen großen Holzstoß zu errichten und anzuzünden und das Feuer so lange zu unterhalten, bis Pierre Chaignes gesamtes Holz verbrannt war.

Als Pierre Chaigne dastand und den Aschenhaufen besah, der von seiner Zukunft als Zimmermann übriggeblieben war, sagte der Offizier zu ihm: «Gottes Hilfe ist näher als die Tür.» Pierre Chaigne verstand diese Worte nicht.

Als nächstes nahmen die Soldaten alle Werkzeuge, die Pierre Chaigne und seinem Sohn Henri gehörten, und verkauften sie an Anhänger der Religion des Königs. Anfangs fühlte Pierre Chaigne, wie sein Kummer abnahm, denn nachdem die Soldaten ihm sein Holz genommen hatten, machte es ihm nichts mehr aus, dass sie ihm auch noch seine Werkzeuge nahmen, und außerdem konnte der Verkauf seiner feinen Gerätschaften genügend Geld

enough to pay the Tallage and so make the soldiers depart. However, the dragons sold Pierre Chaigne's tools not for their value, but for a price so low that no one could resist buying them, and then kept the money for themselves. François Danjon, miller, widower, member of the King's religion, who had bought several of the instruments, returned them to Pierre Chaigne under cover of darkness. Pierre Chaigne wrapped them in oiled cloths and buried them in the woods against a better day.

It was at this time that a pedlar, aged nineteen, passing through the town on foot from the direction of the Cherveux, was seized by several dragons and interrogated. He had the suspicious accent of the south. After being beaten, he admitted to membership of the cult; after being beaten further, he admitted that he desired to abjure. He was taken before the priest, who gave him absolution and copied his name into the register of abjuration. The pedlar made a mark beside his name, and two of the dragons, proud of their zeal and trusting that it would be recompensed, signed as witnesses. The pedlar was sent on his way without his goods. Henri Chaigne, aged fifteen, watched the beating, which was done in the public square; and as the victim was taken off to the church, a dragon whom he had not before seen said to him in the coarse language of the north, "What matter the road provided it lead to Paradise?" Henri Chaigne did not understand what was being said, but recognized the word Paradise.

At first conversions came quickly, among the old, the feeble, the solitary, and those infants who had been forcibly beguiled by gaudy display. But after a few weeks the number of abjurations diminished. This was often the pattern, and it was known that the dragons frequently gave way to excesses in order that the conversions continue.

einbringen, um damit die Abgabe zu bezahlen, so dass die Soldaten weggehen würden. Aber die Soldaten verkauften Pierre Chaignes Werkzeug nicht für das, was es wert war, sondern für einen so niedrigen Preis, dass niemand widerstehen konnte, und dann behielten sie das Geld für sich. François Danjon, Müller, Witwer, Anhänger der Religion des Königs, der mehrere dieser Geräte gekauft hatte, gab sie im Schutze der Dunkelheit an Pierre Chaigne zurück. Pierre Chaigne schlug sie in ölgetränkte Tücher ein und vergrub sie im Wald, für bessere Zeiten.

Zu dieser Zeit geschah es, dass ein wandernder Händler, neunzehn Jahre alt, der von den Cherveux her durch die Stadt kam, von mehreren Soldaten ergriffen und verhört wurde. Er sprach mit dem verdächtigen Akzent des Südens. Nachdem man ihn geschlagen hatte, bekannte er, Anhänger der neuen Lehre zu sein. Nachdem man ihn noch mehr geschlagen hatte, bekannte er, abschwören zu wollen. Er wurde vor den Priester gebracht, der ihm die Absolution erteilte und dann seinen Namen in das Verzeichnis derer eintrug, die abgeschworen hatten. Der Händler machte neben seinen Namen ein Zeichen, und zwei Dragoner unterschrieben als Zeugen, stolz auf ihren Eifer und in der Hoffnung auf Belohnung. Ohne seine Habe ließ man den Händler wieder laufen. Henri Chaigne, fünfzehn Jahre alt, war dabei, als die Schläge auf dem öffentlichen Platz verabreicht wurden, und als man das Opfer zur Kirche führte, sagte ein Dragoner, den er zuvor noch nicht gesehen hatte, in der rauhen Sprache des Nordens zu ihm: «Wen kümmert der Weg, solange er ins Paradies führt?» Henri Chaigne vestand nicht, was gesagt wurde, aber er erkannte das Wort «Paradies».

Anfangs erfolgten die Bekehrungen schnell – unter den Alten, den Schwachen, den Einsamen und bei Kindern, die man mit buntem Gepränge betört hatte. Nach einigen Wochen aber verringerte sich die Zahl derer, die abschworen. Das war der typische Verlauf, und man wusste, dass die Dragoner dann häufig zu Gewalt griffen, damit es weitere Bekehrungen gab.

When the Tallage had first been announced, there were those who had sought to flee, who had heard that it was possible to reach St Nazaire and discover the promised land elsewhere. Two families had left the town in this manner, whereupon members of the cult had been instructed by the Intendant to pull down and destroy with fire the houses they had left behind, whereupon the unpaid Tallage was not forgotten but transferred to those who remained. It was always the way. When a heretic converted to the King's religion, his Tallage was divided among the community of heretics, and their tax thus became even larger as their means of payment diminished. This led some to despair; but others, having lost everything, were made the more determined not to lose that faith on whose account they had already lost everything. Thus the booted missionaries met with more resistance as their work continued. This too was known and expected.

It was not long after Pierre Chaigne's instruments had been sold that Anne Rouget, his mother's sister, fell into sickness and became the first member of the family to abjure. When the dragons saw that she was weak and feverish, they yielded the bed to her and slept upon the floor. This chivalry was deliberate, for no sooner was she positioned in the bed than the soldiers declared her sickening unto death and summoned the priest of the King's religion. It was established by royal ordinance that when a Protestant heretic was dying, the priest had the right to visit the deathbed and offer the suffering one an opportunity to return in death to the Holy Mother Church. This visit, which the family were forbidden to prevent, was to take place in the presence of a magistrate; and the priest was not allowed to use any duress

Als die Abgabe eingeführt wurde, gab es einige, die zu fliehen versuchten, die gehört hatten, dass es möglich sei, St. Nazaire zu erreichen und das gelobte Land anderswo zu finden. Zwei Familien hatten die Stadt auf diese Weise verlassen, woraufhin Anhänger der neuen Lehre von dem Landvogt angewiesen wurden, die Häuser, die jene verlassen hatten, niederzureißen und zu verbrennen, und anschließend wurde die nicht gezahlte Abgabe nicht etwa vergessen, sondern auf die, die geblieben waren, verteilt. So ging es jedesmal. Wenn sich ein Abtrünniger zur Religion des Königs bekehrte, wurde seine Abgabe auf die Gemeinschaft der Abtrünnigen verteilt, und so wuchs ihre Steuerschuld im gleichen Maße, wie sich die Möglichkeit ihrer Zahlung verringerte. Das brachte einige zur Verzweiflung, aber andere, die schon alles verloren hatten, waren jetzt noch fester entschlossen, den Glauben nicht zu verlieren, dessentwegen sie alles andere verloren hatten. Und so stießen die gestiefelten Missionare auf mehr und mehr Widerstand, während sie ihre Arbeit fortsetzten. Auch das kannte, auch damit rechnete man.

Nicht lange nachdem man Pierre Chaignes Werkzeug verkauft hatte, wurde Anne Rouget, die Schwester seiner Mutter, krank und schwor als erste der Familie ab. Als die Dragoner sahen, dass sie schwach und fiebrig war, überließen sie ihr das Bett und schliefen auf dem Boden. Dieser Edelmut war wohlbedacht, denn kaum war sie zu Bett gebracht, da erklärten die Soldaten, sie sei auf den Tod krank, und riefen den Priester der Religion des Königs herbei. Aufgrund eines königlichen Erlasses galt nämlich, dass der Priester, wenn ein protestantischer Ketzer im Sterben lag, das Recht hatte, sich zum Sterbebett zu begeben und es dem leidenden Menschen zu ermöglichen, noch im Tode zur Heiligen Mutter Kirche zurückzukehren. Der Besuch, den die Familienangehörigen nicht verhindern durften, musste im Beisein eines Magistrats stattfinden, und der Priester durfte bei dem Versuch, eine Bekehrung zu erreichen, keinen Zwang anwenden. Diese

when attempting to obtain a conversion. However, such terms and conditions were not always strictly followed. The magistrate being occupied elsewhere, the priest was accompanied into the Chaigne household by the officer of the dragons. The family was expelled into the day's heat, two dragons guarded the door, and at the end of six hours Anne Rouget had been received back into the church where she had spent the first thirty years of her life. The priest departed with satisfaction, and that night the soldiers reclaimed the bed as their own and returned Anne Rouget to the floor.

"Why?" asked Pierre Chaigne.

"Leave me in peace," replied Anne Rouget.

"Why?"

"One or the other is true."

She did not speak beyond that, and died two days later, though whether from her fever, her despair or her apostasy Pierre Chaigne was unable to determine.

The child Daniel, aged nine, was the next to abjure. He was taken to the church of the King's religion, where it was explained to him that Anne Rouget, who had done the service of a mother for him, was awaiting him in Heaven, and that he would surely see her again one day unless he clung to heresy and chose to burn in Hell. Then he was shown fine vestments and the gilt reliquary containing the little finger of Saint Boniface; he smelt the incense and examined the monsters carved between the choir stalls – monsters which he would doubtless meet in person if he freely chose to burn in Hell. And the following Sunday, during the Mass, Daniel Chaigne publicly abjured the cult of the temple. His conversion was received with great and impressive solemnity, and afterwards he was much petted by the women of the King's religion. The following Sunday Pierre Chaigne and his elder son tried to prevent the dragons taking Daniel Chaigne to the Mass;

Vorschriften und Bedingungen wurden jedoch nicht immer streng befolgt. Da der Magistrat anderweitig beschäftigt war, wurde der Priester von dem Dragoneroffizier in das Haus der Chaignes begleitet. Die Familienmitglieder wurden hinaus in die Glut des Tages gewiesen, zwei Dragoner bewachten die Haustür, und nach sechs Stunden war Anne Rouget wieder in die Kirche aufgenommen, der sie schon die ersten dreißig Jahre ihres Lebens angehört hatte. Der Priester verabschiedete sich zufrieden, und noch in dieser Nacht beanspruchten die Soldaten das Bett wieder für sich und ließen Anne Rouget auf dem Boden schlafen.

«Warum?» fragte Pierre Chaigne.

«Lass mich zufrieden», erwiderte Anne Rouget.

«Warum?»

«Das eine ist so wahr wie das andere.»

Danach sagte sie nichts mehr, und zwei Tage später starb sie – ob am Fieber oder aus Verzweiflung oder wegen ihres Frevels, vermochte Pierre Chaigne nicht zu sagen.

Das Kind Daniel, neun Jahre alt, war das nächste, das abschwor. Der Junge wurde in die Kirche der Religion des Königs gebracht, wo man ihm erklärte, dass Anne Rouget, die an ihm Mutterstelle vertreten hatte, ihn im Himmel erwarte und dass er sie gewiss eines Tages wiedersehen werde, sofern er nicht an der Ketzerei festhalte oder es vorziehe, in der Hölle zu brennen. Dann zeigte man ihm schöne Kirchengewänder und das goldene Reliquiar mit dem kleinen Finger des Heiligen Bonifatius. Er roch den Weihrauch und betrachtete die geschnitzen Ungeheuer zwischen den Chorstühlen – Ungeheuer, denen er gewiss gegenüberstehen würde, wenn er sich dafür entschiede, in der Hölle zu brennen. Und am folgenden Sonntag während der Messe schwor Daniel Chaigne öffentlich der neuen Lehre ab. Seine Bekehrung wurde mit großem Gepränge begangen, und anschließend wurde er von den Frauen der Religion des Königs sehr verwöhnt. Am darauffolgenden Sonntag versuchten Pierre Chaigne und sein älterer Sohn die Dragoner zu hindern, Daniel Chaigne zur

they were beaten and the boy was taken none the less. He did not return, and Pierre Chaigne was informed by the priest that he had been placed beyond the reach of treason in the Jesuit College on the other side of the Montagne Noire, and that his education there would be at the expense of the family until such time as they chose to repudiate their heresy.

Only the obstinate ones now remained among the heretics. It was at this point that the Intendant named as Collector of the Tallage the leading Protestant landowner of the region, Pierre Allonneau, sieur de Beaulieu, fermier de Coutaud. It became his legal duty instantly to pay the accumulated tax owed by all members of the cult since the Tallage was announced. This he was unable to do, but being reduced at once to ruin, was no longer able to help in secrecy the obstinate ones.

The three dragons had been within the Chaigne household for two months. All the chickens and both the pigs had been eaten; all but a little of the furniture had been burnt; Pierre Chaigne's timber had been consumed with the exception of a rough pile of worthless lumber at the back of his shed. Others in the town who might have supported the family were now equally destitute. Each day Pierre Chaigne and his son Henri were obliged to traverse the woods and fields to obtain food. Two of the soldiers came with them, leaving the officer to guard Marthe. It was difficult to find enough food to satisfy six mouths, and the two dragons offered no assistance in the chase of a rabbit or the search for mushrooms. When there was not enough food for the soldiers to eat until they belched, the Chaigne family went hungry.

It was on their return from one of these daily expeditions that Pierre Chaigne and Henri Chaigne discovered that the officer had taken Marthe Chaigne, aged thirteen, into the bed with him. This

Messe zu führen. Sie erhielten Schläge, und der Junge wurde dennoch mitgenommen. Er kam nicht zurück, und der Priester teilte Pierre Chaigne mit, man habe ihn außer Reichweite von Abtrünnigen im Jesuitenkolleg jenseits der Montagne Noire untergebracht, wo er auf Kosten seiner Familie eine Erziehung erhalte, bis sie sich entschlossen, von ihrem Irrglauben abzulassen.

Nur die Unbeugsamen blieben jetzt noch bei den Ketzern. Zu dieser Zeit geschah es, dass der Landvogt den größten protestantischen Landbesitzer der Region, Pierre Allonneau, sieur de Beaulieu, fermier de Coutaud zum Eintreiber der Abgabe bestellte. Dadurch wurde er gesetzlich verpflichtet, augenblicklich die gesamte Steuer zu entrichten, die die Anhänger der neuen Lehre seit der Einführung der Abgabe schuldeten. Dazu war er nicht imstande, aber da er nun völlig verarmt war, vermochte er den Unbeugsamen auch nicht mehr heimlich zu helfen.

Die drei Dragoner waren inzwischen seit zwei Monaten im Hause der Chaignes. Alle Hühner und beide Schweine waren verzehrt, fast alle Möbelstücke waren verbrannt, und bis auf einen Stapel Abfallholz in einer Ecke seines Schuppens waren Pierre Chaignes Holzvorräte verheizt. Andere in der Stadt, die der Familie hätten aushelfen können, waren nun genauso mittellos. Täglich mussten Pierre Chaigne und sein Sohn die Wälder und Felder durchstreifen, um Nahrung zu sammeln. Sie wurden dabei von zwei Soldaten begleitet, der Offizier blieb zurück, um Marthe zu bewachen. Es war schwer, genügend Nahrung zu finden, um sechs Mäuler zu stopfen, und die beiden Dragoner boten bei der Jagd auf einen Hasen oder bei der Pilzsuche keine Hilfe an. Wenn die Soldaten nicht so viel zu essen bekamen, dass sie rülpsten, ging die Familie Chaigne leer aus.

Als sie von einem dieser täglichen Streifzüge heimkehrten, entdeckten Pierre Chaigne und Henri Chaigne, dass der Offizier die dreizehnjährige Marthe zu sich ins Bett genommen hatte. Dieser Anblick machte Pierre Chaigne

sight caused Pierre Chaigne much anger and despair; only his religion prevented him from seeking that very same night the death of the officer.

The following day the officer chose to accompany the two heretics on the search for food, and one of the ordinary soldiers stayed behind to guard Marthe. This soldier also took her into the bed with him. No explanation was offered, and none was required. Marthe Chaigne refused to talk to her father or her brother about what had been done.

After nine days of seeing his sister taken as a whore, Henri Chaigne abjured his faith. But this action did not prevent the dragons from continuing to take his sister as a whore. Consequently, at the celebration of Mass the following Sunday, Henri Chaigne spat out of his mouth the holy wafer and the holy wine he had received from the priest. For this blasphemy against the body and blood of Our Lord, Henri Chaigne was duly tried by the Bishop's court, condemned to death and handed over to the soldiers who burnt him with fire.

Afterwards, the three soldiers separated Pierre Chaigne and his daughter, not permitting them to talk to one another. Marthe kept the house and whored for the dragons; her father hunted for nourishment and cut wood in the forest, since the autumn air was now turning cold. Pierre Chaigne, who had suffered greatly, was resolved to resist apostasy even unto death. His daughter was equally certain in her faith, and underwent her daily ordeal with the fortitude of a martyr.

One morning, after the officer had taken her into the bed with him but treated her less roughly for once, she received a brutal surprise. The officer had been accustomed to talk to her in the rough language of the north while he used her as a whore, to

sehr zornig und verzweifelt, und nur sein Glaube hielt ihn davon ab, noch in derselben Nacht den Offizier zu töten.

Am folgenden Tag beschloss der Offizier, die beiden Ketzer auf ihrer Suche nach Nahrung zu begleiten, und einer der gewöhnlichen Soldaten blieb zurück, um Marthe zu bewachen. Auch dieser Soldat nahm sie zu sich ins Bett. Eine Erklärung wurde dafür nicht gegeben, aber das war auch nicht nötig. Marthe Chaigne weigerte sich, mit ihrem Vater oder Bruder über das zu sprechen, was geschehen war.

Als er neun Tage zugesehen hatte, wie seine Schwester zur Hure gemacht wurde, schwor Henri Chaigne seinem Glauben ab. Aber das hinderte die Dragoner nicht daran, auch weiterhin seine Schwester als Hure zu nehmen. Während der Messfeier am folgenden Sonntag spie Henri Chaigne deshalb die heilige Hostie und den heiligen Wein, die der Priester ihm gereicht hatte, wieder aus. Wegen dieser Sünde wider den Leib und das Blut unseres Herrn wurde Henri sogleich vor das bischöfliche Gericht gebracht, zum Tode verurteilt und den Soldaten übergeben, die ihn im Feuer brennen ließen.

Danach trennten die drei Soldaten Pierre Chaigne und seine Tochter und gestatteten ihnen nicht, miteinander zu sprechen. Marthe führte den Haushalt und hurte mit den Dragonern; ihr Vater suchte Nahrung und schlug im Wald Holz, denn die Herbstluft wurde jetzt kalt. Pierre Chaigne, der Schweres erduldet hatte, war entschlossen, nicht abzuschwören, solange er lebte. Seine Tochter war ebenso fest in ihrem Glauben und ertrug ihre tägliche Prüfung mit er Standhaftigkeit einer Märtyrerin.

Eines Morgens, als der Offizier sie zu sich ins Bett genommen, aber diesmal weniger grob als sonst behandelt hatte, erlebte sie eine schreckliche Überraschung. Es war die Gewohnheit des Offiziers gewesen, in der rauhen Sprache des Nordens mit ihr zu reden, während er sie als Hure gebrauchte, Worte hinauszuschreien und anschlie-

shout words and afterwards to mutter quietly. She had become familiar with this, and at times it helped her bear the suffering more easily, for she was able to imagine that the man who spoke these words from the north was himself as distant as the north.

Now, as he still lay athwart her, he said, "You are brave, young girl."

It took her a moment to realize that he had spoken her own language. He raised himself on an elbow and shunted off her. "I admire that," he went on, still in her language, "and so I want to spare you further suffering."

"You speak our tongue."

"Yes."

"So you have understood what we have said in the house since you came here?"

"Yes."

"And the others too?"

"We have been in your country many years."

Marthe Chaigne was silent. She remembered what her brother Henri had openly said about the dragons, and about the priest of the King's religion. Her father had revealed where the cult was to be celebrated, little suspecting the consequences. She herself had uttered words of hatred.

"And because I wish to spare you suffering," the officer continued, "I shall explain what will happen."

What could happen? More pain of this kind. Worse. Torture. Death. No doubt. But then Paradise, surely.

"What will happen is that you will become with child. And then we shall testify that your father used you as a whore in our presence. And you will be taken before the court, your father and you, and there condemned. You will be burnt to death, you and your father, as also will be the child of this incestuous union within you."

ßend leise zu murmeln. Sie hatte sich daran gewöhnt, und zuweilen hatte es ihr geholfen, ihr Leiden besser zu ertragen, denn sie stellte sich dann vor, dass der Mann, der diese Worte aus dem Norden sprach, selber so weit entfernt war wie der Norden.

Diesmal sagte er, während er noch über ihr lag: «Du bist tapfer, kleines Mädchen.»

Es dauerte einen Augenblick, bis sie merkte, dass er ihre eigene Sprache gesprochen hatte. Er stützte sich auf einen Ellenbogen und wälzte sich zu Seite. «Ich bewundere das», fuhr er, noch immer in ihrer Sprache, fort, «und deshalb will ich dir weiteres Leiden ersparen.»

«Du sprichst ja unsere Sprache.»

«Ja.»

«Du hast also verstanden, was wir in diesem Haus gesprochen haben, seit du hier bist?»

«Ja.»

«Und die anderen auch?»

«Wir sind seit vielen Jahren in eurem Land.»

Marthe Chaigne schwieg. Sie erinnerte sich, was ihr Bruder Henri offen über die Dragoner gesagt hatte und über den Priester der Religion des Königs. Ihr Vater hatte preisgegeben, wo die Anhänger der neuen Lehre sich versammeln würden, ohne die Folgen zu ahnen. Sie selbst hatte Worte des Hasses gesprochen.

«Und weil ich dir Leiden ersparen will», fuhr der Offizier fort, «will ich dir erklären, was nun geschehen wird.»

Was konnte noch geschehen? Mehr Leid dieser Art. Schlimmer. Folter. Tod. Gewiss. Aber danach dann das Paradies.

«Folgendes wird geschehen: Du wirst schwanger werden. Und dann werden wir bezeugen, dass dein Vater dich in unserem Beisein als Hure gebraucht hat. Und dann werdet ihr vor Gericht kommen, dein Vater und du, und verurteilt werden. Man wird euch verbrennen, dich und deinen Vater und ebenso das Kind aus dieser sündhaften Verbindung, das du in dir trägst.»

The soldier paused, and allowed the rigid girl fully to understand what he had said. "You will abjure. You will abjure, and thereby you will save your father's life."

"My father would rather die."

"Your father does not have the choice. Only you have the choice whether your father dies or not. So you will abjure."

Marthe Chaigne lay motionless in the bed. The soldier got up, adjusted his clothing roughly, and sat at the table waiting for her to agree. He was wise enough in his profession not to add unnecessary words.

Eventually the girl said, "Where do you come from?"

The soldier laughed at the unexpectedness of the question. "From the north."

"Where? *Where?*"

"A country called Ireland."

"Where is that?"

"Beyond the water. Near to England."

"Where is that?"

"Beyond the water too. In the north."

The girl in the bed remained with her head turned away from the soldier. "And why do you come so far to persecute us?"

"You are heretics. Your heresy endangers the Holy Mother Church. All, everywhere, have a duty to defend Her."

"Thirty pieces of silver."

The officer appeared close to anger, but kept in mind the purpose of the day.

"If you have not heard of England then you have not heard of Cromwell."

"Who is he?"

"He is dead now."

"Is he your King? Did he recruit you? To come here and persecute us?"

Der Soldat wartete eine Weile, bis das erstarrte Mädchen seine Worte völlig verstanden hatte. «Du wirst abschwören. Du wirst abschwören und dadurch das Leben deines Vaters retten.»

«Lieber würde mein Vater sterben.»

«Dein Vater hat keine Wahl. Nur du kannst wählen, ob dein Vater sterben soll oder nicht. Darum wirst du abschwören.»

Marthe Chaigne lag regungslos im Bett. Der Soldat stand auf, brachte seine Kleidung ein wenig in Ordnung und setzte sich an den Tisch, um ihre Zustimmung abzuwarten. Er war in seinem Beruf erfahren genug, um keine unnötigen Worte hinzuzufügen.

Schließlich fragte das Mädchen: «Woher kommst du?»

Der Soldat lachte, weil die Frage so unerwartet war. «Aus dem Norden.»

«Woher? *Woher*?»

«Aus einem Land, das Irland heißt.»

«Wo liegt das?»

«Jenseits des Wassers. Nahe bei England.»

«Wo liegt das?»

«Auch jenseits des Wassers. Im Norden.»

Das Mädchen im Bett hielt den Kopf von dem Soldaten abgewandt. «Und warum kommst du so von so weit her, um uns zu verfolgen?»

«Ihr seid Ketzer. Euer Irrglaube gefährdet die Heilige Mutter Kirche. Jeder, überall, hat die Pflicht, sie zu verteidigen.»

«Dreißig Silberlinge.»

Der Offizier war dem Zorn nahe, dachte aber an sein Ziel an diesem Tag.

«Wenn du noch nicht von England gehört hast, dann hast du auch nicht von Cromwell gehört.»

«Wer ist das?»

«Er lebt nicht mehr.»

«Ist er dein König? Hat er dich rekrutiert? Damit du hierher kommst und uns verfolgst?»

"No. On the contrary." The soldier began to remember things it did no good to remember, things which had fixed his life for ever, many years ago. Childhood, its sights, and its terrifying sounds. The harsh voices of England. "Yes, I suppose he did. He recruited me, you could say."

"Then I curse his name and all his family."

The officer sighed. Where could he begin? There was so much to unravel, and he was an old man now, past forty. The child did not even know where England was. Where could he begin? "Yes," said the officer wearily. "You curse his name. I curse his name too. We both curse his name. And on Sunday you will abjure."

That Sunday, while incense stung her nostrils and her eye was assailed by the whorish colours of the King's religion, Marthe Chaigne, aged thirteen, her heart burdened by the sorrow she was causing her father and by the knowledge that she would never be permitted to explain, abjured her faith. She made a mark on the register beside her name, and the officer of the dragons signed as witness. After he had signed, he looked up at the priest and said, in his own language, "What matter the road provided it lead to Paradise?"

Marthe Chaigne was taken that day to the Union Chrétienne on the other side of the Montagne Noire, where she would be educated by the good sisters. The cost of her education would be added to the Tallage owed by Pierre Chaigne.

The following week the dragons left the town. The heretics had been reduced in number from 176 to eight. There were always the obstinate ones, but experience had shown that when they were greatly outnumbered they had little influence and ended their lives in bitterness and

«Nein. Im Gegenteil.» Der Soldat erinnerte sich nun an Dinge, an die er sich lieber nicht erinnert hätte, Dinge, die sein Leben für immer verändert hatten, vor vielen Jahren. Kindheit, die Anblicke damals und die furchtbaren Geräusche. Die schroffen Stimmen Englands. «Vielleicht hat er das doch. Ja, man könnte sagen, er hat mich rekrutiert.»

«Dann verfluche ich seinen Namen und seine Familie.»

Der Offizier seufzte. Wo sollte er beginnen? Da war so vieles auseinanderzusetzen, und er war schon ein alter Mann, jenseits der vierzig. Das Kind wusste nicht einmal, wo England lag. Wo sollte er anfangen. «Ja», sagte der Offizier müde, «du verfluchst seinen Namen. Ich verfluche seinen Namen auch. Wir beide verfluchen seinen Namen. Und am Sonntag wirst du abschwören.»

An jenem Sonntag, während ihre Nase vom Weihrauch brannte und die Hurenfarben der Religion des Königs sie blendeten, sagte sich Marthe Chaigne, dreizehn Jahre alt, ihr Herz schwer vom Kummer, den sie ihrem Vater bereitete, und vom Wissen, das sie niemals würde erklären dürfen, von ihrem Glauben los. Sie machte in dem Register neben ihrem Namen ein Zeichen, und der Dragoneroffizier unterschrieb als Zeuge. Als er unterschrieben hatte, sah er zu dem Priester auf und sagte in seiner eigenen Sprache: «Wen kümmert der Weg, solange er ins Paradies führt?»

Marthe Chaigne wurde noch am selben Tag in die Union Chrétienne auf der anderen Seite der Montagne Noire gebracht, wo sie von den frommen Schwestern erzogen werden sollte. Die Kosten für ihre Erziehung würde auf die Abgabe aufgeschlagen, die Pierre Chaigne schuldete.

In der Woche darauf verließen die Dragoner die Stadt. Die Zahl der Ketzer war von 176 auf acht verringert worden. Unbeugsame gab es immer, aber die Erfahrung hatte gezeigt, dass sie, wenn sie weit in der Minderheit waren, kaum noch Einfluss ausübten und ihr Leben in Bitternis und Verzweiflung beschlossen. Die Dragoner hatten

despair. The dragons were to move south and start their work in a new place.

The eight obstinate ones were burdened by the Tallage of those who had converted, with the cost of educating their own children as Catholics, and with numerous additional imposts. By ordinance they were forbidden from practising their trade or from hiring out their labour to members of the King's religion. They were also forbidden from abandoning their homes and seeking the promised land elsewhere.

Two nights after the dragons left, Pierre Chaigne, carpenter, widower, returned to his workshed. He took down the lantern he had made and slid out three of its glass panels. From the pile of discarded lumber too contemptible even to be burnt by the soldiers he uncovered the three oblongs of thin beechwood. He pushed them gently between the runners sticky with mutton fat. Then he lit the candle and set the hood back in place. Lacking three-quarters of its glass, the instrument did not illuminate universally. But it gave a brighter, purer light for the direction in which it was pointed. Pierre Chaigne, carpenter, widower, would follow that light to the end of its journey. He walked to the door of his shed, lifted the latch, and set off into the cold night. The yellow beam of his lamp reached trembingly towards the forest, where the other obstinate ones waited for him to join them in prayer.

Befehl, weiter nach Süden zu ziehen und ihre Arbeit an einem neuen Ort aufzunehmen.

Den acht Unbeugsamen wurde die Abgabe der in den Schoß der Kirche Zurückgekehrten aufgebürdet, außerdem die Kosten für die katholische Erziehung ihrer Kinder sowie zahlreiche weitere Lasten. Es war ihnen durch Verordnung untersagt, ihr Gewerbe auszuüben oder Angehörige der Religion des Königs für sich arbeiten zu lassen. Es war ihnen auch verboten, ihre Häuser aufzugeben und das gelobte Land irgendwo anders zu suchen.

Zwei Nächte nach dem Weggang der Dragoner ging Pierre Chaigne, Zimmermann, Witwer wieder in seinen Arbeitsschuppen. Er nahm die Laterne herunter, die er angefertigt hatte, und entfernte drei der Glasscheiben. Aus dem Haufen Abfallholz, das den Soldaten sogar zum Verbrennen zu schlecht war, holte er die drei rechteckigen Buchen-Brettchen hervor. Er schob sie behutsam in die von Hammelfett klebrigen Schienen. Dann zündete er die Kerze an und setzte den Deckel wieder darauf. Da drei der vier Glasscheiben fehlten, fiel das Licht der Laterne nicht nach allen Seiten. Dafür warf sie ein umso helleres, klareres Licht dorthin, wohin sie gerichtet wurde. Pierre Chaigne würde dem Weg dieses Lichts bis ans Ende folgen. Er ging zur Tür seines Schuppens, öffnete die Verriegelung und ging hinaus in die kalte Nacht. Der gelbe Strahl seiner Laterne wies zitternd zum Wald, wo die anderen Unbeugsamen ihn zum Gebet erwarteten.

A. S. Byatt
Medusa's Ankles

She had walked in one day because she had seen the Rosy Nude through the plate glass. That was odd, she thought, to have that lavish and complex creature stretched voluptuously above the coat rack, where one might have expected the stare, silver and supercilious or jetty and frenzied, of the model girl. They were all girls now, not women. The Rosy Nude was pure flat colour, but suggested mass. She had huge haunches and a monumental knee, lazily propped high. She had round breasts, contemplations of the circle, reflections on flesh and its fall.

She had asked cautiously for a cut and blow dry. He had done her himself, the owner, Lucian of "Lucian's", slender and soft-moving, resembling a balletic Hamlet with full white sleeves and tight black trousers. She remembered the trousers, at first, the first few times she came, better than his face, which she saw only in the mirror behind her own, which she felt a middle-aged disinclination to study. A woman's relation with her hairdresser is anatomically odd. Her face meets his belt, his haunches skim her breathing, his face is far away, high and behind. His face had a closed and monkish look, rather fine, she thought, under soft, straight, dark hair, bright with health, not with added fats, or so it seemed.

"I like your Matisse," she said, the first time.

He looked blank.

"The pink nude. I love her."

"Oh, that. I saw it in a shop. I thought it went exactly with the colour-scheme I was planning."

Their eyes met in the mirror.

A. S. Byatt
Die Füße der Medusa

Sie war eines Tages hineingegangen, weil sie durch die Schaufensterscheibe den «Rosa Akt» gesehen hatte. Wie sonderbar, dachte sie, diese üppige, komplexe Gestalt wohlig dort über den Kleiderhaken hingestreckt zu sehen, wo man doch eher den Blick, silbern und hochmütig oder pechschwarz und wild, eines Covergirls erwartet hätte. Heutzutage hießen sie ja nur noch «Girls», nicht mehr Frauen. Der «Rosa Akt» war nur Farbfläche, ließ aber Fülle ahnen. Sie hatte mächtige Hinterbacken und ein monumentales Knie, lässig angewinkelt. Sie hatte runde Brüste, Studien zur Kreisform, eine Meditation über das Fleisch und seinen Fall.

Sie hatte vorsichtig einen Haarschnitt und Fönen verlangt. Er hatte sich selber um sie gekümmert, Lucian, der Inhaber von «Lucian's», schlank und geschmeidig, einem Ballett-Hamlet ähnlich mit weiten, weißen Ärmeln und eng anliegenden schwarzen Hosen. Anfangs, nach ihren ersten paar Besuchen, konnte sie sich an die Hosen besser erinnern als an sein Gesicht, das sie ja nur im Spiegel sah, hinter ihrem eigenen, das eingehender zu betrachten ihren mittleren Jahren widerstrebte. Das Verhältnis einer Frau zu ihrem Friseur ist anatomisch gesehen seltsam. Ihr Gesicht ist auf der Höhe seines Gürtels, sein Gesäß streift ihren Atem, sein Gesicht ist weit entfernt, über und hinter ihr. Sein Gesicht wirkte verschlossen, mönchisch, sehr fein geschnitten, dachte sie, unter weichem, glatt fallendem dunklen Haar, das vor Gesundheit und nicht vor fettigen Zusätzen glänzte – zumindest wirkte es so.

«Ich mag Ihren Matisse», sagte sie beim ersten Mal.

Er sah sie verständnislos an.

«Der rosa Akt. Ich finde die Frau entzückend.»

«Ach so. Ich habe das Bild in einem Geschäft gesehen. Ich dachte, es passt genau zu den Farben, die ich hier drin haben wollte.»

Ihre Blicke begegneten sich im Spiegel.

"I thought she was wonderful," he said. "So calm, so damn sure of herself, such a lovely colour, I do think, don't you? I fell for her, absolutely. I saw her in this shop in the Charing Cross Road and I went home, and said to my wife, I might think of placing her in the salon, and she thought nothing to it, but the next day I went back and just got her. She gives the salon a bit of class. I like things to have class."

In those days the salon was like the interior of a rosy cloud, all pinks and creams, with creamy muslin curtains here and there, and ivory brushes and combs, and here and there – the mirror-frames, the little trollies – a kind of sky blue, a dark sky blue, the colour of the couch or bed on which the rosy nude spread herself. Music played – Susannah hated piped music – but this music was tinkling and tripping and dropping, quiet seraglio music, like sherbet. He gave her coffee in pink cups, with a pink and white wafer biscuit in the saucer. He soothed her middle-aged hair into a cunningly blown and natural windswept sweep, with escaping strands and tendrils, softening brow and chin. She remembered the hairdressing shop of her wartime childhood, with its boarded wooden cubicles, its advertisements for Amami shampoo, depicting ladies with blonde pageboys and red lips, in the forties bow which was wider than the thirties rosebud. Amami, she had always supposed, rhymed with smarmy and was somehow related to it. When she became a linguist, and could decline the verb to love in several languages, she saw suddenly one day that Amami was an erotic invitation, or command. Ama-mi, love me, the blondes said, under their impeccably massed rolls of hair. Her mother had gone draggled under the chipped dome of the hairdryer, bristling with metal rollers, bobby-pins and pipe-

«Ich fand sie wunderbar», sagte er. «So ruhig, so selbstsicher, und so schön in der Farbe, finden Sie nicht auch? Ich war geradezu in sie verliebt. Ich habe sie in einem dieser Geschäfte auf der Charing Cross Road gesehen, und als ich heimkam, sagte ich zu meiner Frau, vielleicht hänge ich sie in meinen Salon; sie hatte keine Meinung dazu, aber am nächsten Tag bin ich einfach hingegangen und habe sie mir geholt. Sie gibt dem Salon eine besondere Note. Ich habe gern eine besondere Note.»

Damals war sein Salon wie das Innere einer rosa Wolke, ganz pink und cremefarben, hier und dort cremefarbene Musselinvorhänge und Elfenbeinbürsten und -kämme, und hier und da – in den Spiegelrahmen und den kleinen Wägelchen – eine Art Himmelblau, ein dunkles Himmelblau von der Farbe der Couch oder des Bettes, auf dem die rosige Nackte sich räkelte. Musik war zu hören – Susannah mochte keine Musikberieselung, aber dies war klingende, schwingende, wogende Musik – leise Serailmusik, wie ein kühler Drink. Er reichte ihr Kaffee in einer rosa Tasse und dazu auf der Untertasse eine rosa und weiße Waffel. Er gab ihrem alternden Haar einen raffiniert gefönten Schwung, der natürlich und wie von einem Windstoß leicht zerzaust wirkte und ihrer Stirn und ihrem Kinn schmeichelte. Sie musste an das Frisörgeschäft ihrer Kindheit während des Krieges denken mit seinen durch Bretterwände getrennten Kabinen und der Reklame für Amami-Shampoo, auf der Damen mit blondem Pagenkopf zu sehen waren und mit geschwungenen roten Lippen im Stil der vierziger, die breiter waren als die Kirschmündchen der dreißiger. Irgendwie hatte sie den Namen Amami immer mit Kitsch in Verbindung gebracht. Als sie dann Sprachen lernte und das Verb «lieben» in mehreren Sprachen deklinieren konnte, kam sie eines Tages plötzlich darauf, dass Amami eine erotische Einladung, eine Aufforderung war. Ama-mi, liebe mich, sagten diese Blondinen unter ihren makellos aufgetürmten Dauerwellen. Ihre Mutter war unansehnlich unter der abgeplatzten Farbe der Trockenhaube verschwunden, gespickt mit metallenen Lockenwicklern, Haarnadeln und Papierröllchen. Heraus-

cleaners. And had come out under a rigidly bouncy "set", like a mountain of wax fruit, that made her seem artificial and embarrassing, drawing attention somehow to the unnatural whiteness of her false teeth.

They had seemed like some kind of electrically shocking initiation into womanhood, those clamped domes descending and engulfing. She remembered her own first "set", the heat and buzzing, and afterwards a slight torn tenderness of the scalp, a slight tindery dryness to the hair.

In the sixties and seventies she had kept a natural look, had grown her hair long and straight and heavy, a chestnut-glossy curtain, had avoided places like this. And in the years of her avoidance, the cubicles had gone, everything was open and shared and above board, blow-dryers had largely replaced the hoods, plastic spikes the bristles.

She had had to come back because her hair began to grow old. The ends split, the weight of it broke, a kind of frizzed fur replaced the gloss. Lucian said that curls and waves – following the lines of the new unevenness – would dissimulate, would render natural-looking, that was, young, what was indeed natural, the death of the cells. Short and bouncy was best, Lucian said, and proved it, tactfully. He stood above her with his fine hands cupped lightly round her new bubbles and wisps, like the hands of a priest round a Grail. She looked, quickly, quickly, it was better than before, thanked him and averted her eyes.

She came to trust him with her disintegration.

He was always late to their appointment, to all appointments. The salon was full of whisking young things, male and female, and he stopped to speak to all of them, to all the patient sitters, with their

gekommen war sie mit einer haltbar-elastischen Dauerwelle, die an einen Berg von Wachsfrüchten erinnerte und ihr ein schrecklich künstliches Aussehen gab, das irgendwie die Aufmerksamkeit besonders auf das unnatürliche Weiß ihres Gebisses lenkte.

Es war ihr als eine Art spannungsgeladener Akt der Frauwerdung erschienen, wie diese Hauben sich herabsenkten und einen umfingen. Sie konnte sich noch an ihre eigene erste Dauerwelle erinnern, an die Hitze und das Summen und die leicht empfindliche Spannung der Kopfhaut hinterher, die etwas spröde Trockenheit des Haars.

Während der sechziger und siebziger Jahre hatte sie ein natürliches Aussehen bevorzugt und ihr langes, schweres Haar glatt herabfallen lassen wie einen schimmernden kastanienbraunen Vorhang; Orten wie diesem war sie ausgewichen. In diesen Jahren des Ausweichens waren die Kabinen verschwunden, alles war nun offen und gemeinschaftlich und sichtbar, die Hauben waren größtenteils durch Föne und die borstigen Wickler durch Plastikklammern ersetzt.

Sie hatte zurückkommen müssen, weil ihr Haar allmählich alterte. Seine Spitzen spalteten sich, es verlor an Gewicht, aus dem seidigen Glanz war ein kriseliger Pelz geworden. Lucian erklärte, dass Locken und Wellen, die den Linien der neuen Unebenheiten folgten, kaschieren und natürlich, das heißt jugendlich erscheinen lassen würden, was ja in der Tat natürlich war, nämlich das Absterben von Zellen. Kurz und füllig sei das beste, sagte Lucian und führte diskret den Beweis. Er stand über sie gebeugt, seine schlanken Hände sacht über ihre neuen Wellen und Strähnen gelegt, wie ein Priester, der einen Gral umfasst. Sie schaute nur flüchtig hin, es sah besser aus als vorher, sie dankte ihm und wandte den Blick ab.

Allmählich vertraute sie ihm ihr verfallendes Ich an.

Er hielt ihre Termine nie ein, keine Termine. Überall im Salon wuselten junge Wesen, männlich und weiblich, und überall blieb er stehen, um mit ihnen zu reden und mit den geduldig Dasitzenden, die ihn fragend im Spiegel ansahen.

questing, mirror-bound stares. The telephone rang perpetually. She sat on a rosy foamy pouffe and read in a glossy magazine, *Her Hair*, an article at once solemnly portentous and remorselessly jokey (such tones are common) about the hairdresser as the new healer, with his cure of souls. Once, the magazine informed her, the barber had been the local surgeon, had drawn teeth, set bones and dealt with female problems. Now in the rush of modern alienated life, the hairdresser performed the all-important function of listening. He elicited the tale of your troubles and calmed you.

Lucian did not. He had another way. He created his own psychiatrist and guru from his captive hearer. Or at least, so Susannah found, who may have been specially selected because she was plump, which could be read as motherly, and because, as a university teacher, she was, as he detected, herself a professional listener. He asked her advice.

"I don't see myself shut in here for the next twenty years. I want more out of life. Life has to have a meaning. I tried Tantric Art and the School of Meditation. Do you know about that sort of thing, about the inner life?"

His fingers flicked and flicked in her hair, he compressed a ridge and scythed it.

"Not really. I'm an agnostic."

"I'd like to know about art. You know about art. You know about that pink nude, don't you? How do I find out?"

She told him to read Lawrence Gowing, and he clamped the tress he was attending to, put down his scissors, and wrote it all down in a little dove-grey leather book. She told him where to find good extra-mural classes and who was good among the gallery lecturers.

Das Telefon klingelte in einem fort. Sie saß auf einem schaumigen rosafarbenen Puff und las in einem Hochglanzmagazin *Ihr Haar* einen Artikel, ernsthaft-gewichtig und gleichzeitig angestrengt witzig (dieser Stil ist nicht selten), über den Friseur als den Heilkundigen unserer Zeit, der die Seelen kuriert. Früher, teilte das Magazin ihr mit, sei der Barbier der Wundarzt des Ortes gewesen, der Zähne zog, Knochen richtete und Frauenleiden behandelte. Heute, in der Hektik des modernen, entfremdeten Lebens, falle dem Coiffeur die überaus wichtige Aufgabe des Zuhörens zu. Er entlocke einem, was einen bedrückt, und spende Beruhigung.

Lucian tat das nicht. Er ging anders vor. Er machte seine gebannte Zuhörerin zu seinem Psychiater und Guru. Zumindest sie, so überlegte Susannah, die möglicherweise auserwählt worden war, weil sie etwas füllig war, was sich als mütterlich deuten ließ, und weil sie als Universitätslehrerin, wie er feststellte, von Berufs wegen selbst eine Zuhörerin war. Er fragte sie um Rat.

«Ich kann mir nicht vorstellen, die nächsten zwanzig Jahre hier eingesperrt zu sein. Ich erwarte mehr vom Leben. Das Leben muss einen Sinn haben. Ich habe es schon mit der Kunst des Tantra versucht und mit Meditationsübungen. Verstehen Sie was von diesen Dingen, vom spirituellen Leben?»

Seine Finger schnickten durch ihr Haar, er bündelte eine Strähne und sichelte sie ab.

«Eigentlich nicht. Ich bin Agnostikerin.»

«Ich möchte mehr über Kunst wissen. Sie verstehen was von Kunst. Sie verstehen was von diesem rosa Akt, nicht wahr? Wie lerne ich das?»

Sie schlug ihm vor, Lawrence Gowing zu lesen, und er klammerte die Strähne fest, an der er gerade arbeitete, legte die Schere weg und schrieb alles in ein kleines, in taubengraues Leder gebundenes Notizbuch. Sie sagte ihm, wo gute Abendkurse angeboten wurden und welche Museumsführungen besonders lohnend waren.

Next time she came it was not art, it was archaeology. There was no evidence that he had gone to the galleries or read the books.

"The past pulls you," he said. "Bones in the ground and gold coins in a hoard, all that. I went down to the city and saw them digging up the Mithraic temples. There's a religion, all that bull's blood, dark and light, fascinating."

She wished he would tidy her head and be quiet. She could recognise the flitting mind, she considered. It frightened her. What she knew, what she cared about, what was coherent, was separate shards for him to flit over, remaining separate. You wrote books and gave lectures, and these little ribbons of fact shone briefly and vanished.

"I don't want to put the best years of my life into making suburban old dears presentable," he said. "I want something more."

"What?" she said, meeting his brooding stare above the wet mat of her mop. He puffed foam into it and said:

"Beauty. I want beauty. I must have beauty. I want to sail on a yacht among the Greek isles, with beautiful people." He caught her eye. "And see those temples and those sculptures."

He pressed close, he pushed at the nape of her neck, her nose was near his discreet zip.

"You've been washing it without conditioner," he said. "You aren't doing yourself any good. I can tell."

She bent her head submissively, and he scraped the base of her skull.

"You could have highlights," he said in a tone of no enthusiasm. "Bronze or mixed autumnal."

"No thanks. I prefer it natural."

He sighed.

Als sie das nächste Mal kam, war es nicht Kunst, sondern Archäologie. Nichts deutete darauf hin, dass er die Museen besucht oder die Bücher gelesen hatte.

«Die Vergangenheit ist was Spannendes», sagte er. «Knochen in der Erde und vergrabene Goldmünzen und so was. Ich war in der City und hab bei den Ausgrabungen am Mithrastempel zugesehen. Das ist eine Religion! Dieses Stierblut, Dunkelheit und Licht – faszinierend.»

Sie wünschte sich, er würde ihr Haar in Ordnung bringen und still sein. Man erkennt den sprunghaften Geist, dachte sie. Es machte ihr Angst. Alles, was sie wusste, was ihr etwas bedeutete, was in einem Zusammenhang stand, waren für ihn unverbundene Bruchstücke, über die er hinweghuschte. Man schrieb Bücher und hielt Vorlesungen, und diese kleinen Ketten von Tatsachen leuchteten kurz auf und verschwanden wieder.

«Ich will nicht die besten Jahre meines Lebens damit zubringen, gutsituierte Hausfrauen fein zu machen», sagte er. «Ich will mehr.»

«Was denn?» fragte sie und begegnete seinem düsteren Blick über dem nassen Mop ihrer Haare. Er sprühte Schaum darauf und sagte:

«Schönheit. Ich will Schönheit. Ich brauche Schönheit. Ich möchte auf einer Yacht um die griechischen Inseln segeln, mit schönen Menschen.» Er sah sie an. «Und diese Tempel und Skulpturen sehen.»

Er kam ganz nahe, gab ihrem Nacken einen leichten Schubs, ihre Nase war dicht an seinem diskreten Reißverschluss.

«Sie haben es ohne Haarkur gewaschen», sagte er. «Damit tun Sie sich keinen Gefallen. Ich sehe so etwas.»

Demütig beugte sie den Kopf, und er massierte ihren Nacken.

«Wir könnten Ihnen Strähnchen färben», sagte er in einem nüchternen Ton. «Bronze oder Herbstfarben.»

«Nein, danke. Ich habe es lieber natürlich.»

Er seufzte.

He began to tell her about his love life. She would have inclined, on the evidence before her eyes, to the view that he was homosexual. The salon was full of beautiful young men, who came, wielded the scissors briefly, giggled together in corners, and departed. Chinese, Indonesian, Glaswegian, South African. He shouted at them and giggled with them, they exchanged little gifts and paid off obscure little debts to each other. Once she came in late and found them sitting in a circle, playing poker. The girls were subordinate and brightly hopeless. None of them lasted long. They wore – in those days – pink overalls with cream silk bindings. She could tell he had a love life because of the amount of time he spent alternately pleading and blustering on the telephone, his voice a blotting-paper hiss, his words inaudible, though she could hear the peppery rattle of the other voice, or voices, in the earpiece. Her sessions began to take a long time, what with these phone calls and with his lengthy explanations, which he would accompany with gestures, making her look at his mirrored excitement, like a boy riding a bicycle hands-off.

"Forgive me if I'm a bit distracted," he said. "My life is in crisis. Something I never believed could happen has happened. All my life I've been looking for something and now I've found it."

He wiped suds casually from her wet brow and scraped her eye-corner. She blinked.

"Love," he said. "Total affinity. Absolute compatibility. A miracle. My other half. A perfectly beautiful girl."

She could think of no sentence to answer this. She said, schoolmistressy, what other tone was there? "And this has caused the crisis?"

"She loves me. I couldn't believe it but it is true. She loves me. She wants me to live with her."

Er fing an, ihr von seinem Liebesleben zu erzählen. Dem Augenschein nach hätte man ihn für homosexuell halten können. Sein Salon war voll von schönen jungen Männern, die kamen, kurze Zeit die Schere schwangen, miteinander in den Ecken kicherten und wieder verschwanden. Chinesen, Indonesier, Schotten aus Glasgow, Südafrikaner. Er schrie sie an und kicherte mit ihnen, sie tauschten kleine Geschenke aus und zahlten einander irgendwelche kleinen Schulden zurück. Einmal, als er sich verspätet hatte, saßen sie in einem Kreis und spielten Poker. Die Mädchen waren unterwürfig und auf heitere Weise unbegabt. Keine blieb lange. Zu dieser Zeit trugen sie rosa Overalls mit cremefarbenen Seidengürteln. Dass er ein Liebesleben hatte, merkte sie daran, dass er viel Zeit am Telefon verbrachte, abwechselnd bittend und aufbrausend, seine zischelnde Stimme wie Löschpapier, seine Worte unverständlich, obwohl sie das Pfeffermühlenrasseln der anderen Stimme oder Stimmen in der Muschel hören konnte. Ihre Sitzungen begannen sich in die Länge zu ziehen, teils wegen dieser Telefonate, teils wegen seiner ausführlichen, von vielen Gesten begleiteten Erklärungen, und er ließ sie im Spiegel bei seinen Gemütsbewegungen zusehen wie ein Junge, der freihändig Fahrrad fährt.

«Entschuldigen Sie, wenn ich etwas zerstreut bin», sagte er. «Ich stecke in einer Krise. Es ist etwas geschehen, das ich nie für möglich gehalten hätte. Mein ganzes Leben habe ich etwas gesucht, und jetzt habe ichs gefunden.»

Er wischte beiläufig etwas Seifenschaum von ihrer feuchten Stirn und tupfte über einen Augenwinkel. Sie blinzelte.

«Liebe», sagte er. «Völlige Harmonie. Absolute Übereinstimmung. Ein Wunder. Mein zweites Ich. Ein Mädchen von vollkommener Schönheit.»

Ihr fiel nichts ein, was sie darauf hätte antworten können. Etwas gouvernantenhaft – wie sonst? – fragte sie: «Und das hat die Krise ausgelöst?»

«Sie liebt mich. Ich kanns nicht fassen, aber es ist wahr. Sie liebt mich. Sie will, dass wir zusammenleben.»

"And your wife?"

There was a wife, who had thought nothing to the purchase of the Rosy Nude.

"She told me to get out of the house. So I got out. I went to her flat – my girlfriend's. She came and fetched me back – my wife. She said I must choose, but she thinks I'll choose her. I said it would be better for the moment just to let it evolve. I told her how do I know what I want, in this state of ecstasy, how do I know it'll last, how do I know she'll go on loving me?"

"I expect that didn't please her."

He frowned impatiently and waved the scissors dangerously near her temples.

"All she cares about is respectability. She says she loves me but all she cares about is what the neighbours say. I like my house, though. She keeps it nice, I have to say. It's not stylish, but it is in good taste."

Over the next few months, maybe a year, the story evolved, in bumps and jerks, not, it must be said, with any satisfactory narrative shape. He was a very bad storyteller, Susannah realised slowly. None of the characters acquired any roundness. She formed no image of the nature of the beauty of the girlfriend, or of the way she spent her time when not demonstrating her total affinity for Lucian. She did not know whether the wife was a shrew or a sufferer, nervous or patient or even ironically detached. All these wraith-personae were inventions of Susannah's own. About six months through the narrative Lucian said that his daughter was very upset about it all, the way he was forced to come and go, sometimes living at home, sometimes shut out.

"You have a daughter?"

«Und Ihre Frau?»

Es gab ja eine Frau, die zum Kauf des Rosa Aktes keine Meinung gehabt hatte.

«Sie sagte, ich solle das Haus verlassen. Also bin ich gegangen und zu ihr in die Wohnung gezogen, zu meiner Freundin. Dann kam sie und holte mich zurück, meine Frau. Sie sagte, ich müsse mich entscheiden, aber sie glaubt, ich entscheide mich für sie. Ich hab ihr gesagt, es wäre im Augenblick besser, die Dinge sich entwickeln zu lassen. Woher soll ich in meinem Rausch wissen, was ich will, hab ich zu ihr gesagt, und woher weiß ich, ob es von Dauer ist, woher weiß ich, wie lange sie mich noch liebt?»

«Davon war sie vermutlich nicht entzückt.»

Unwillig zog er die Brauen zusammen und fuchtelte mit der Schere gefährlich nah an ihrer Schläfe.

«Ihr geht es doch nur um die Leute. Sie behauptet, dass sie mich liebt, aber es geht ihr doch nur darum, was die Nachbarn sagen. Mein Haus gefällt mir allerdings. Sie macht was daraus, das muss man sagen. Die Einrichtung ist nicht vornehm, aber geschmackvoll.»

Im Lauf der nächsten Monate, vielleicht eines Jahres entwickelte sich die Geschichte ruck- und stoßweise, leider ohne eine irgendwie befriedigende erzählerische Form. Er war ein schlechter Geschichtenerzähler, wie Susannah nach und nach feststellte. Keiner der Beteiligten nahm Gestalt an. Sie konnte sich weder von der Schönheit der Freundin ein Bild machen noch davon, wie sie ihre Zeit verbrachte, wenn sie nicht gerade ihre völlige Übereinstimmung mit Lucian zur Schau stellte. Sie wusste nicht, ob die Ehefrau ein Drachen oder eine Leidende war, gereizt oder geduldig oder vielleicht sogar ironisch distanziert. All diese schemenhaften Gestalten waren Susannahs eigene Erfindungen. Als die Geschichte etwa sechs Monate alt war, sagte Lucian, seine Tochter leide sehr darunter, unter der Art, wie er gezwungen sei zu kommen und zu gehen, manchmal zu Hause wohnend, manchmal ausgesperrt.

«Sie haben eine Tochter?»

"Fifteen. No, seventeen, I always get ages wrong."

She watched him touch his own gleaming hair in the mirror, and smile apprehensively at himself.

"We were married very young," he said. "Very young, before we knew what was what."

"It's hard on young girls, when there are disputes at home."

"It is. It's hard on everyone. She says if I sell the house she'll have nowhere to live while she takes her exams. I have to sell the house if I'm to afford to keep up my half of my girlfriend's flat. I can't keep up the mortgages on both. My wife doesn't want to move. It's understandable, I suppose, but she has to see we can't go on like this. I can't be torn apart like this, I've got to decide."

"You seem to have decided for your girlfriend."

He took a deep breath and put down everything, comb, scissors, hairdryer.

"Ah, but I'm scared. I'm scared stiff if I take the plunge, I'll be left with nothing. If she's got me all the time, my girlfriend, perhaps she won't go on loving me like this. And I like my house, you know, it feels sort of comfortable to me, I'm used to it, all the old chairs. I don't quite like to think of it all sold and gone."

"Love isn't easy."

"You can say that again."

"Do you think I'm getting thinner on top?"

"What? Oh no, not really, I wouldn't worry. We'll just train this little bit to fall across there like that. Do you think she has a right to more than half the value of the house?"

"I'm not a lawyer. I'm a classicist."

"We're going on that Greek holiday. Me and my girlfriend. Sailing through the Greek isles.

«Fünfzehn. Nein, siebzehn. Ich kann mir ihr Alter nie merken.»

Sie beobachtete, wie er sein eigenes glänzendes Haar im Spiegel berührte und sich sorgenvoll zulächelte.

«Wir haben sehr jung geheiratet», sagte er. «Sehr jung und noch ganz ahnungslos.»

«Es ist schwer für junge Mädchen, wenn es zu Hause Streit gibt.»

«Das stimmt. Es ist für alle schwer. Sie sagt, wenn ich das Haus verkaufe, weiß sie nicht, wo sie wohnen soll, wenn sie ihren Schulabschluss macht. Ich muss aber das Haus verkaufen, sonst kann ich meinen Anteil an der Wohnung meiner Freundin nicht bezahlen. Zwei Hypotheken kann ich mir nicht leisten. Meine Frau will nicht ausziehen. Das kann man ja verstehen, aber sie muss einsehen, dass es so nicht weitergeht. Ich kann mich nicht länger so aufteilen, ich muss mich entscheiden.»

«Sie haben sich anscheinend für Ihre Freundin entschieden.»

Er holte tief Luft und legte alles beiseite, Kamm, Schere, Fön.

«Tja, aber ich habe Angst. Ich habe irrsinnige Angst, dass ich mit leeren Händen dastehe, wenn ich den Absprung wage. Wenn sie mich die ganze Zeit für sich hat, meine Freundin, liebt sie mich vielleicht nicht mehr so wie jetzt. Und ich hänge an meinem Haus, wissen Sie, ich finds gemütlich, ich hab mich dran gewöhnt, all die alten Stühle. Ich mag nicht denken, das könnte alles mal verkauft und weg sein.»

«Man hats nicht leicht mit der Liebe.»

«Das kann man wohl sagen.»

«Finden Sie, dass mein Haar oben dünner wird?»

«Wie bitte? Ach so, nein, keine Sorge. Wir legen diese Partie einfach so, dass sie hier herüber fällt. Glauben Sie, dass sie vom Verkaufswert des Hauses mehr als die Hälfte beanspruchen kann?»

«Ich bin keine Juristin. Ich bin klassische Philologin.»

«Wir machen jetzt diesen Urlaub in Griechenland, meine Freundin und ich. Segeln zwischen den griechischen Inseln.

I've bought scuba gear. The salon will be closed for a month."

"I'm glad you told me."

While he was away the salon was redecorated. He had not told her about this, also, as indeed, why should he have done? It was done very fashionably in the latest colours, battleship-grey and maroon. Dried blood and instruments of slaughter, Susannah thought on her return. The colour scheme was one she particularly disliked. Everything was changed. The blue trolleys had been replaced with hi-tech steely ones, the ceiling lowered, the faintly aquarial plate-glass was replaced with storm-grey-one- way-see-through-no-glare which made even bright days dull ones. The music was now muted heavy metal. The young men and young women wore dark grey Japanese wrappers and what she thought of as the patients, which included herself, wore identical maroon ones. Her face in the mirror was grey, had lost the deceptive rosy haze of the earlier lighting.

The Rosy Nude was taken down. In her place were photographs of girls with grey faces, coal-black eyes and spiky lashes, under bonfires of incandescent puce hair which matched their lips, rounded to suck, at microphones perhaps, or other things. The new teacups were black and hexagonal. The pink flowery biscuits were replaced by sugar-coated minty elliptical sweets, black and white like Go counters. She thought after the first shock of this, that she would go elsewhere. But she was afraid of being made, accidentally, by anyone else, to look a fool. He understood her hair, Lucian, she told herself. It needed understanding, these days, it was not much any more, its life was fading from it.

"Did you have a good holiday?"

"Oh, idyllic. Oh, yes, a dream. I wish I hadn't

Ich habe eine Tauchausrüstung gekauft. Der Salon wird für einen Monat geschlossen.»

«Gut, dass Sie mir das sagen.»

Während seiner Abwesenheit wurde der Salon renoviert. Auch davon hatte er ihr nichts gesagt, aber warum hätte er das auch tun sollen? Man nahm die neuesten Modefarben, Panzerkreuzergrau und Aubergine. Getrocknetes Blut und Schlachtwerkzeuge, dachte Susannah, als sie zurückkam. Es waren Farben, die sie verabscheute. Alles hatte sich verändert. Die blauen Wägelchen waren durch Hi-Tech-Modelle aus Stahl ersetzt worden, die Decke abgesenkt, anstelle der entfernt an ein Aquarium erinnernden Schaufensterscheiben gab es jetzt sturmgrau getönte Spiegelglasscheiben, durch die selbst sonnige Tage trüb aussahen. Die Musik war jetzt leises Heavy Metal. Die jungen Männer und Frauen trugen dunkelgraue japanische Kittel, und die Patienten, wie sie sie (sich selber eingeschlossen) im stillen nannte, trugen etwas Ähnliches in Rostrot. Ihr Gesicht im Spiegel war grau, hatte den unwirklichen rosigen Schimmer der früheren Beleuchtung verloren.

Den Rosa Akt hatte man entfernt. An seiner Stelle hingen Fotos von Mädchen mit grauen Gesichtern, kohlschwarzen Augen, stachligen Wimpern und mit Haar, das wie dunkelrote Glut aufgehäuft war, farblich passend zu ihren Lippen, die sie spitzten, als wollten sie an einem Mikrofon oder sonst etwas lutschen. Die neuen Teetassen waren schwarz und sechseckig. Statt des rosa-blumigen Gebäcks gab es elliptische Pfefferminzlinsen mit Zuckerkruste, schwarz und weiß wie Go-Steine. Nach dem ersten Schock erwog sie, anderswo hinzugehen. Aber sie hatte Angst, ein anderer könnte Fehler machen, durch die sie unmöglich aussehen würde. Lucian, überlegte sie, verstand sich auf ihr Haar. Und es brauchte jetzt Verständnis, viel war nicht mehr damit los, das Leben entwich daraus.

«War Ihr Urlaub schön?»

«Oh, himmlisch. Ja, traumhaft. Am liebsten wäre ich

come back. She's been to a solicitor. Claiming the matrimonial home for all the work she's done on it, and because of my daughter. I say, what about when she grows up, she'll get a job, won't she, you can't assume she'll hang around her mummy forever, they don't."

"I need to look particularly good this time. I've won a prize. A translator's medal. I have to make a speech. On television."

"We'll have to make you look lovely, won't we? For the honour of the salon. How do you like our new look?"

"It's very smart."

"It is. It is. I'm not quite satisfied with the photos, though. I thought we could get something more intriguing. It has to be photos to go with the grey."

He worked above her head. He lifted her wet hair with his fingers and let the air run through it, as though there was twice as much as there was. He pulled a twist this way, and clamped it to her head, and screwed another way, and put his head on one side and another, contemplating her uninspiring bust. When her head involuntarily followed his he said quite nastily, "Keep still, can you, I can't work if you keep bending from side to side like a swan."

"I'm sorry."

"No harm done, just keep still."

She kept still as a mouse, her head bowed under his repressing palm. She turned up her eyes and saw him look at his watch, then, with a kind of balletic movement of wrists, scissors and finger-points above her brow, drive the sharp steel into the ball of his thumb, so that blood spurted, so that some of his blood even fell onto her scalp.

"Oh, dear. Will you excuse me? I've cut myself. Look."

gar nicht zurückgekommen. Sie war bei einem Anwalt. Beansprucht die eheliche Wohnung wegen der Arbeit, die sie hineingesteckt hat, und wegen meiner Tochter. Aber was ist, wenn sie mal größer ist, sage ich, da sucht sie sich doch eine Arbeit, du kannst doch nicht erwarten, dass sie ewig bei ihrer Mama bleibt, keine tut das.»

«Diesmal muss ich besonders gut aussehen. Ich habe einen Preis gewonnen. Eine Auszeichnung als Übersetzerin. Ich muss eine Rede halten. Im Femsehen.»

«Da müssen wir Sie aber hübsch machen, wie? Dem Salon zu Ehren. Wie gefällt Ihnen unsere neue Einrichtung?»

«Sie ist sehr modisch.»

«Stimmt. Stimmt. Nur mit den Fotos bin ich nicht zufrieden. Ich dachte, wir würden etwas Ansprechenderes bekommen. Aber zu dem Grau passen nur Fotos.»

Er arbeitete an ihrem Kopf. Mit den Fingern hob er ihre nassen Haare und ließ die Luft hindurchblasen, als wären sie doppelt so dick wie in Wirklichkeit. Er zog hier eine Strähne zurecht, klammerte sie an ihrem Kopf fest, drehte dort etwas, legte dann seinen Kopf auf die Seite und betrachtete ihren wenig begeisternden Busen. Als sie unwillkürlich seiner Kopfbewegung folgte, sagte er ziemlich scharf: «Halten Sie doch still! Wie soll ich denn arbeiten, wenn Sie sich andauernd hin- und herdrehen wie ein Schwan?»

«Entschuldigung.»

«Es ist ja nichts passiert, aber halten Sie jetzt still.»

Sie war mucksmäuschenstill, ihr Kopf unter dem Druck seiner Hand gebeugt. Als sie die Augen nach oben verdrehte, sah sie, wie er auf die Uhr schaute und sich dann mit einer Art tänzerischer Bewegung von Handgelenken, Schere und Fingerspitzen oberhalb ihrer Stirn den spitzen Stahl in den Handballen stach, so dass Blut spritzte und ein paar Tropfen sogar auf ihren Kopf fielen.

«Oh je. Bitte entschuldigen Sie mich. Ich habe mich gestochen. Sehen Sie.»

He waved the bloody member before her nose.
"I saw," she said. "I saw you cut yourself."

He smiled at her in the mirror, a glittery smile, not meeting her eyes.

"It's a little trick we hairdressers have. When we've been driving ourselves and haven't had time for a bite or a breather, we get cut, and off we go, to the toilet, to take a bite of a Mars bar or something such, or a cheese roll if the receptionist's been considerate. Will you excuse me? I am faint for lack of food."

"Of course," she said.

He flashed his glass smile at her and slid away.

She waited. She waited. A little water dripped into her collar. A little more ran into her eyebrows. She looked at her poor face, under its dank cap and its two random corkscrews, aluminiumclamped. She felt a gentle protective rage towards this stolid face. She remembered, not as a girl, as a young woman under all that chestnut fall, looking at her skin, and wondering how it could grow into the crêpe, the sag, the opulent soft bags. This was her face, she had thought then. And this, too, now, she wanted to accept for her face, trained in a respect for precision, and could not. What had left this greying skin, these flakes, these fragile stretches with no elasticity, was her, was her life, was herself. She had never been a beautiful woman, but she had been attractive, with the attraction of liveliness and warm energy, of the flow of quick blood and brightness of eye. No classic bones, which might endure, no fragile birdlike sharpness that might whitely go forward. Only the life of flesh, which began to die.

She was in a panic of fear about the television, which had come too late, when she had lost the desire to be seen or looked at. The cameras search

Er hielt ihr das verletzte Körperteil vors Gesicht.

«Ich hab gesehen», sagte sie, «wie es passiert ist.»

Er lächelte ihr im Spiegel zu, ein glitzerndes Lächeln, ohne ihr in die Augen zu sehen.

«Das ist so ein kleiner Trick von uns Frisören. Wenn wir sehr hart gearbeitet haben, ohne Pause für einen Imbiss oder etwas frische Luft, dann schneiden wir uns, und dann gehen wir raus auf die Toilette und essen einen Mars-Riegel oder so was oder ein Käsebrötchen, wenn das Empfangsmädchen dran gedacht hat. Würden Sie mich einen Augenblick entschuldigen? Ich bin ganz schwach vor Hunger.»

«Selbstverständlich», sagte sie.

Er warf ihr sein gläsernes Lächeln zu und entschwand.

Sie wartete. Sie wartete. Ein wenig Wasser rann ihr in den Kragen. Etwas mehr rann in ihre Augenbrauen. Sie besah sich ihr armes Gesicht unter seiner feuchten Kappe und den beiden zufälligen, von Aluminium umklammerten Korkenziehern. Dieses unbewegte Gesicht weckte in ihr eine zärtlich-wütende Abwehrbereitschaft. Sie erinnerte sich noch, wie sie, kein Kind mehr, sondern eine junge Frau, unter diesem üppig fallenden Kastanienbraun ihre Haut betrachtet und sich gefragt hatte, wie sich das einmal in Krepp, in hängende Linien, in runde weiche Taschen verwandeln konnte. Das war ihr Gesicht, hatte sie damals gedacht. Und nun wollte sie, die gelernt hatte, genau zu sein, auch dieses als ihr Gesicht annehmen und konnte es nicht. Was aus dieser grau werdenden Haut, diesen Schuppen, diesen dünnen, unelastischen Stellen gewichen war, war sie, ihr Leben, sie selbst. Sie war nie schön, aber immer anziehend gewesen, anziehend durch Lebendigkeit und Wärme, Temperament und hellen Blick. Keine klassische Figur, die überdauern, keine vogelgleiche, scharf geschnittene Zierlichkeit, die auch weiß geworden fortbestehen würde. Nur das Leben des Fleisches, das allmählich abstarb.

Sie hatte panische Angst vor dem Fernsehauftritt, der zu spät kam, da sie kein Verlangen mehr danach hatte, gesehen und betrachtet zu werden. Die Kameras richten sich auf

jowl and eye-pocket, expose brush-stroke and cracks in shadow and gloss. So interesting are their revelations that words, mere words, go for nothing, fly by whilst the memory of a chipped tooth, a strayed red dot, an inappropriate hair, persists and persists.

If he had not left her so long to contemplate her wet face, it might not have happened.

On either side of her, mysteries were being enacted. On the left, a head was crammed into a pink nylon bag, something between a bank-robber's stocking and a monstrous Dutch cap. A young Chinese man was peacefully teasing threads of hair through the meshes of this with a tug and a flick, a tug and a flick. The effect was one of startling hideous pink baldness, tufted here and there. On her right, an anxious plump girl was rolling another girl's thick locks into shaky sausages of aluminium foil. There was a thrum of distant drums through the loudspeakers, a clash and crash of what sounded like shaken chains. It is all nonsense, she thought, I should go home, I can't, I am wet. They stared transfixed at their respective uglinesses.

He came back and took up the scissors, listlessly enough.

"How much did you want off," he said casually. "You've got a lot of broken ends. It's deteriorating, you haven't fed it while I've been away."

"Not too much off. I want to look natural, I –"

"I've been talking to my girlfriend. I've decided. I shan't go back any more to my wife. I can't bear it."

"She's too angry?"

"She's let herself go. It's her own fault. She's 62
let herself go altogether. She's let her ankles get 63

Wangen und Tränensäcke, entdecken Pinselstriche und Bruchlinien in Schatten und Glanz. Ihre Enthüllungen sind so interessant, dass Worte demgegenüber nichts, gar nichts bedeuten, verfliegen, während die Erinnerung an einen abgebrochenen Zahn, einen roten Fleck irgendwo, ein Haar an unpassender Stelle bleibt und bleibt.

Hätte er sie nicht so lange der Betrachtung ihres nassen Gesichts überlassen, dann wäre es vielleicht nie geschehen.

Zu beiden Seiten von ihr spielte sich Geheimnisvolles ab. Zur Linken wurde ein Kopf in einen rosa Nylonbeutel gezwängt, der halb Bankräubermaske, halb riesiges Pessar war. Durch seine Maschen zog ein stiller junger Chinese Haarsträhnen mit kurzem Rucken und Schnicken, Rucken und Schnicken. Das Ergebnis war ein entsetzlich hässlicher rosa Kahlschädel mit vereinzelten Haarbüscheln. Zu ihrer Rechten war ein nervöses dickliches Mädchen dabei, die üppigen Locken eines anderen Mädchens zu schlenkernden Würsten aus Aluminiumfolie zu rollen. Aus den Lautsprechern kam das ferne Grollen von Trommeln, das Klirren und Scheppern von etwas, das wie rasselnde Ketten klang. Das ist doch alles Unsinn, dachte sie, ich sollte nach Hause gehen, ich kann nicht, ich bin nass. Gebannt starrten sie einander in ihrer Hässlichkeit an.

Er kam zurück und nahm ziemlich lustlos die Schere zur Hand.

«Wie viel, sagten Sie, soll gekürzt werden?» fragte er beiläufig. «Ihre Haarspitzen sind gespalten. Es wird schlimmer, Sie haben nichts für Ihr Haar getan, während ich weg war.»

«Nicht zu kurz. Ich möchte natürlich aussehen, ich…»

«Ich habe gerade mit meiner Freundin gesprochen. Ich hab mich entschieden. Ich gehe nicht mehr zu meiner Frau zurück. Ich halts nicht aus.»

«Ist sie so wütend?»

«Sie lässt sich gehen. Es ist ihre eigene Schuld. Sie lässt sich völlig gehen. Sie hat geschwollene Füße und tut nichts

fat, they swell over her shoes, it disgusts me, it's impossible for me."

"That happens to people. Fluid absorption –"

She did not look down at her own ankles. He had her by the short hairs at the nape of her neck.

"Lucian," said the plump girl, plaintively, "can you just take a look here at this perm, I can't seem to get the hang of this."

"You'd better be careful," said Lucian, "or Madam'll go green and fry and you'll be in deep trouble. Why don't you just come and finish off my madam here – you don't mind, do you, dear? Deirdre is very good with your sort of hair, very tactful, I'm training her myself – I'd better take a look at this perm. It's a new method we're just trying out, we've had a few problems, you see how it is –"

Deirdre was an elicitor, but Susannah would not speak. Vaguely, far away, she heard the anxious little voice. "Do you have children, dear, have you far to go home, how formal do you like it, do you want back-combing?..." Susannah stared stony, thinking about Lucian's wife's ankles. Because her own ankles rubbed her shoes, her sympathies had to be with the unknown and ill-presented woman. She remembered with sudden total clarity a day when, Suzie then, not Susannah, she had made love all day to an Italian student on a course in Perugia. She remembered her own little round rosy breasts, her own long legs stretched over the side of the single bed, the hot, the wet, his shoulders, the clash of skulls as they tried to mix themselves completely. They had reached a point when neither could move, they had loved each other so much, they had tried to
get up to get water, for they were dying of thirst, 64
they were soaked with sweat and dry-mouthed, 65

dagegen. Sie quellen über ihre Schuhe. Ich finde das abstoßend, ganz unmöglich.»

«Das kann vorkommen. Flüssigkeitsstau...»

Sie sah nicht hinunter auf ihre eigenen Füße. Er hatte ihre kurzen Nackenhaare fest im Griff.

«Lucian», sagte das dicke Mädchen weinerlich, «kannst du mal nach dieser Dauerwelle hier sehen, ich komm damit nicht klar.»

«Sei bloß vorsichtig», sagte Lucian, «sonst wird die Dame grün und versengt sich, und du kriegst den größten Ärger. Komm doch mal her und mach bei dieser Dame weiter – ist Ihnen doch recht, meine Liebe? Deirdre versteht sich sehr gut auf Ihre Art von Haar, sehr einfühlsam, ich bilde sie selber aus. Jetzt seh ich lieber mal selbst nach der Dauerwelle. Es ist ein neues Verfahren, das wir gerade erproben. Wir hatten da ein paar Probleme, Sie wissen ja, wie das ist...»

Deirdre war eine Fragenstellerin, aber Susannah hatte keine Lust zu reden. Undeutlich und von weit her hörte sie das besorgte Stimmchen. «Haben Sie Kinder, haben Sies weit nach Hause, wie streng möchten Sies denn, soll es nach hinten gekämmt werden?...» Susannah machte ein steinernes Gesicht und dachte an die Füße von Lucians Frau. Ihre eigenen Fußgelenke scheuerten an den Schuhen, darum musste sie für diese unbekannte und so nachteilig beschriebene Frau Partei ergreifen. Mit einem Mal erinnerte sie sich ganz deutlich, wie sie – damals noch Suzie und nicht Susannah – in Perugia, wo sie einen Kurs besuchte, sich einen ganzen Tag lang mit einem italienischen Studenten liebte. Sie erinnerte sich an ihre eipenen kleinen runden, rosigen Brüste, ihre eigenen langen Beine, die seitlich an dem schmalen Bett herabhingen, die Hitze, die Feuchtigkeit, seine Schultern, den Zusammenprall ihrer Köpfe, als sie versuchten, ganz ineinander aufzugehen. Sie hatten einen Punkt erreicht, da sie sich beide nicht mehr rühren konnten, so sehr hatten sie einander geliebt; sie hatten versucht aufzustehen, um Wasser zu holen, denn sie waren schrecklich durstig, sie wa-

and they collapsed back upon the bed, naked skin on naked skin, unable to rise. What was this to anyone now? Rage rose in her, for the fat-ankled woman, like a red flood, up from her thighs across her chest, up her neck, it must flare like a flag in her face, but how to tell in this daft cruel grey light? Deirdre was rolling up curls, piling them up, who would have thought the old woman had so much hair on her head? Sausages and snail-shells, grape-clusters and twining coils. She could only see dimly, for the red flood was like a curtain at the back of her eyes, but she knew what she saw. The Japanese say demons of another world approach us through mirrors as fish rise through water, and bubble-eyed and trailing fins a fat demon swam towards her, turret-crowned, snake-crowned, her mother fresh from the dryer in all her embarrassing irreality.

"There," said Deirdre. "That's nice. I'll just get a mirror."

"It isn't nice," said Susannah, "it's hideous."

"There was a hush in the salon. Deirdre turned a terrified gaze on Lucian.

"She did it better than I do, dear," he said. "She gave it a bit of lift. That's what they all want, these days. I think you look really nice."

"It's horrible," said Susannah. *"I look like a middle-aged woman with a hair-do."*

She could see them all looking at each other, sharing the knowledge that this was exactly what she was.

"Not natural," she said.

"I'll get Deirdre to tone it down," said Lucian.

Susannah picked up a bottle, full of dark blue gel. She brought it down, heavily, on the grey glass shelf, which cracked.

"I don't want it toned down, I want –" she be-

ren schweißgebadet und hatten trockene Münder und waren zurück aufs Bett gesunken, nackte Haut auf nackter Haut, unfähig sich zu erheben. Wem bedeutete das heute noch etwas? Wütende Parteinahme für die Frau mit den geschwollenen Füßen stieg in ihr auf wie eine rote Flut, von den Beinen herauf über die Brust bis in ihren Hals, wie eine Flagge musste sie in ihrem Gesicht wehen, aber wie sollte man das in diesem blöden grauen Licht sehen? Deirdre wickelte Locken, türmte sie auf, wer hätte gedacht, dass die alte Frau noch so viel Haar auf dem Kopf hatte? Würste und Schneckenhäuser, Weintrauben und verschlungene Windungen. Sie sah es nur undeutlich, denn die rote Flut war wie ein Schleier hinter ihren Augen, aber sie wusste, was sie da sah. Die Japaner sagen, dass Dämonen aus einer anderen Welt sich uns durch Spiegel hindurch nähern, so wie Fische durchs Wasser aufsteigen; ein blasenäugiger dicker Dämon kam auf sie zu geschwommen, seine Flossen nachziehend, von künstlichen Türmchen und Schlangen gekrönt, ihre eigene frisch ondulierte Mutter, peinlich anzusehen.

«So», sagte Deirdre, «das sieht doch nett aus. Ich hole mal einen Spiegel.»

«Das sieht nicht nett aus», sagte Susannah, «das ist scheußlich.»

Im Salon wurde es still. Deirdre sah erschrocken zu Lucian hinüber.

«Sie hat es besser gemacht als ich, meine Liebe», sagte er. «Sie hat es ein bisschen fülliger gemacht. Das wollen heute doch alle. Ich finde, Sie sehen sehr gut aus.»

«Es ist abscheulich», sage Susannah. «Ich sehe aus wie eine ältere Frau, die beim Friseur war!»

Sie sah, wie sie alle einander Blicke zuwarfen, weil sie wussten, dass sie genau das war.

«Unnatürlich», sagte sie.

«Ich sage Deirdre, sie soll es etwas runterkämmen.»

Susannah griff nach einer Flasche, die mit dunkelblauem Gel gefüllt war. Sie schlug damit so heftig auf die Ablage, dass deren graues Glas einen Sprung bekam.

«Ich will nichts runtergekämmt haben, ich will...» fing

gan, and stared mesmerised at the crack, which was smeared with gel.

"I want my real hair back," Susannah cried, and thumped harder, shattering both shelf and bottle.

"Now, dear, I'm sorry," said Lucian in a tone of sweet reason. She could see several of him, advancing on her; he was standing in a corner and was reflected from wall to wall, a cohort of slender trousered swordsmen, waving the bright scissors like weapons.

"Keep away," she said. "Get off. Keep back."

"Calm yourself," said Lucian.

Susannah seized a small cylindrical pot and threw it at one of his emanations. It burst with a satisfying crash and one whole mirror became a spider-web of cracks, from which fell, tinkling, a little heap of crystal nuggets. In front of Susannah was a whole row of such bombs or grenades. She lobbed them all around her. Some of the cracks made a kind of strained singing noise, some were explosive. She whirled a container of hairpins about her head and scattered it like a nailbomb. She tore dryers from their sockets and sprayed the puce punk with sweet-smelling foam. She broke basins with brushes and tripped the young Chinese male, who was the only one not apparently petrified, with a hissing trolley, swaying dangerously and scattering puffs of cotton wool and rattling trails of clips and tags. She silenced the blatter of the music with a well-aimed imitation alabaster pot of Juvenescence Emulsion, which dripped into the cassette which whirred more and more slowly in a thickening morass of blush-coloured cream.

When she had finished – and she went on, she
kept going, until there was nothing else to hurl, 68
for she was already afraid of what must happen 69

sie an und starrte wie hypnotisiert auf den Sprung, der mit Gel verschmiert war.

«Ich will mein richtiges Haar wieder haben!» schrie Susannah und hämmerte noch fester, so dass die Ablage und die Flasche zerbrachen.

«Aber, aber, meine Liebe, es tut mir leid», sagte Lucian in einem Ton liebenswürdiger Beschwichtigung. Sie sah ihn zu mehreren auf sich zukommen. Er stand in einer Ecke und wurde von einer Wand zur anderen gespiegelt, eine Kohorte schlank behoster Schwertkämpfer, die glänzenden Scheren wie Waffen schwingend.

«Kommen Sie nicht näher!» rief sie. «Weg! Zurück!»

«Beruhigen Sie sich doch», sage Lucian.

Susannah griff nach einem kleinen zylindrischen Gefäß und warf damit nach einer seiner Erscheinungen. Es zerbarst mit einem befriedigenden Krachen, und über den ganzen Spiegel breitete sich ein Spinnennetz von Sprüngen, aus dem klirrend ein Häufchen Kristallsplitter herabfiel. Vor Susannah standen mehrere solcher Bomben oder Granaten aufgereiht. Sie warf damit nach allen Seiten. Bei manchen Sprüngen entstand ein helles, singendes Geräusch, andere klangen wie Explosionen. Sie schwang einen Behälter mit Haarnadeln über ihrem Kopf und streute sie umher wie eine Splitterbombe. Sie riss Föne aus ihren Halterungen und besprühte das auberginefarbene Punkmädchen mit süßlich duftendem Schaum. Sie zertrümmerte Schalen mit Haarbürsten, und den jungen Chinesen, der als einziger nicht wie versteinert war, rannte sie mit einem Wägelchen um, das zischend und gefährlich schwankend dahinrollte, wobei es Wattebäusche verstreute und eine rasselnde Spur von Klammern und Stiften zurück ließ. Sie brachte das Geplärre der Musik mit einem wohlgezielten Töpfchen aus künstlichem Alabaster zum Schweigen; daraus tropfte Verjüngungscreme auf die Kassette, so dass das Band in dem zartrosa Schleim allmählich versackte.

Als sie fertig war – und solange es noch etwas zu werfen gab, machte sie weiter und gab nicht auf, denn sie fürchtete sich schon vor dem, was kommen musste, wenn sie

when she had finished – there was complete human silence in the salon. There were strange, harshly musical sounds all round. A bowl rocking on a glass shelf. A pair of scissors, dancing on a hook, their frenzy diminishing. Uneven spasmodic falls of glass, like musical hailstones on shelves and floors. A susurration of hairpins on paper. A slow creaking of damaged panes.

Her own hands were bleeding. Lucian advanced crunching over the shining silt, and dabbed at them with a towel. He too was blooded – specks on his shirt, a fine dash on his brow, nothing substantial. It was a strange empty battlefield, full of glittering fragments and sweet-smelling rivulets and puddles of venous blue and fuchsia-red unguents, patches of crimson-streaked foam and odd intense spills of orange henna or cobalt and copper.

"I'd better go," she said, turning blindly with her bleeding hands, still in her uncouth maroon drapery.

"Deirdre'll make you a cup of coffee," said Lucian. "You'd better sit down and take a breather."

He took a neck brush and swept a chair for her. She stared, irresolute.

"Go on. We all feel like that, sometimes. Most of us don't dare. Sit down."

They all gathered round, the young, making soothing, chirruping noises, putting out hands with vague patting, calming gestures.

"I'll send you a cheque."

"The insurance'll pay. Don't worry too much. It's insured. You've done me a good turn in a way. It wasn't quite right, the colours. I might do something different. Or collect the insurance and give up. Me and my girlfriend are thinking of setting up a stall in the Antique Hypermarket. Costume

fertig wäre –, da war im Salon kein menschlicher Laut zu hören. Ringsum erklangen harsche, seltsam musikalische Töne: eine Schale, die auf einem gläsernen Bord tanzte. Eine Schere, die mit nachlassender Heftigkeit an einem Haken zuckte. Glasscherben, die dann und wann wie klingende Hagelkörner auf Regale und Böden fielen. Ein Rauschen von Haarnadeln auf Papier. Ein Ächzen geborstener Scheiben.

Ihre Hände bluteten. Lucian kam mit knirschenden Schritten über das schimmernde Geröll zu ihr und betupfte sie mit einem Handtuch. Auch er war blutbespritzt – Flecken auf seinem Hemd, eine kleine Schnittwunde auf seiner Stirn, nichts Ernstes. Es war ein seltsam leeres Schlachtfeld, voller glitzernder Scherben und duftender Rinnsale und Lachen von venenblauen und fuchsienroten Lotionen, Flecken von hellrot gestreiftem Schaum und hier und da leuchtende Pfützen von orangenem Henna oder Kobaltblau und Kupfer.

«Ich gehe jetzt lieber», sagte sie und wandte sich blind mit ihren blutigen Händen zur Tür, noch immer in ihrem unschönen auberginefarbenen Umhang.

«Deirdre macht Ihnen eine Tasse Kaffee», sagte Lucian. «Setzen Sie sich erst mal hin und atmen Sie tief durch.»

Er nahm eine Haarbürste und wischte einen Stuhl für sie ab. Sie starrte unentschlossen vor sich hin.

«Na, kommen Sie. Uns ist doch allen manchmal so zumute. Nur trauen sich die meisten nicht. Setzen Sie sich.»

Sie versammelten sich alle um sie, die Jungen, gaben beruhigende, zwitschernde Laute von sich und streckten die Hände aus, wie um sie zu streicheln und zu besänftigen.

«Ich werde Ihnen einen Scheck schicken.»

«Die Versicherung zahlt es. Machen Sie sich keine Sorgen. Es ist versichert. In gewisser Weise haben Sie mir einen Gefallen getan. Die Farben waren nicht ganz passend. Vielleicht mache ich es völlig anders. Oder ich kassiere die Versicherung und gebe den Laden auf. Meine Freundin und ich überlegen, ob wir nicht einen Stand im Antiquitätenmarkt

jewellery. Thirties and forties kitsch. She has sources. I can collect the insurance and have a go. I've had enough of this. I'll tell you something – I've often felt like smashing it all up myself, just to get out of it – like a great glass cage it is – and go out into the real world. So you mustn't worry, dear."

She sat at home and shook, her cheeks flushed, her eyes bright with tears. When she had pulled herself together, she would go and have a shower and soak out the fatal coils, reduce them to streaming rat-tails.

Her husband came in, unexpected – she had long given up expecting or not expecting him, his movements were unpredictable and unexplained. He came in tentatively, a large alert, ostentatiously work-wearied man. She looked up at him speechless. He saw her. (Usually he did not.)

"You look different. You've had your hair done. I like it. You look lovely. It takes twenty years off you. You should have it done more often."

And he came over and kissed her on the shorn nape of her neck, quite as he used to.

eröffnen sollen. Modeschmuck. Kitsch der dreißiger und vierziger. Sie hat da Quellen. Ich könnte die Versicherungssumme nehmen und das mal versuchen. Von dem hier habe ich genug. Unter uns gesagt, ich hatte selber schon Lust, alles kurz und klein zu schlagen, nur um hier rauszukommen – das ist doch wie ein großer Glaskäfig – und dann was Richtiges zu machen. Also: keine Sorgen, meine Liebe.»

Sie saß zu Hause und bebte, die Wangen gerötet, die Augen hell von Tränen. Wenn sie sich wieder gefangen hatte, würde sie unter die Dusche gehen und die verhängnisvollen Haarschlingen ganz und gar aufweichen, bis sie nur noch tropfende Rattenschwänze waren.

Ihr Mann kam herein, unerwartet – sie hatte es längst aufgegeben, ihn zu erwarten oder nicht zu erwarten. Was er tat, blieb unvorhersehbar und unerklärt. Er kam vorsichtig herein, ein großer, aufmerksamer, offensichtich von seiner Arbeit ermüdeter Mann. Wortlos sah sie zu ihm auf. Er sah sie an. (Meistens tat er das nicht.)

«Du siehst verändert aus. Du hast eine neue Frisur. Sie gefällt mir. Du siehst sehr hübsch aus. Es macht dich zwanzig Jahre jünger. Du solltest das öfter machen lassen.»

Und er kam und küsste sie auf ihren ausrasierten Nacken, ganz wie früher.

Angela Carter
The Kiss

The winters in Central Asia are piercing and bleak, while the sweating, foetid summers bring cholera, dysentery and mosquitoes, but, in April, the air caresses like the touch of the inner skin of the thigh and the scent of all the flowering trees douses this city's throat-catching whiff of cesspits.

Every city has its own internal logic. Imagine a city drawn in straightforward, geometric shapes with crayons from a child's colouring box, in ochre, in white, in pale terracotta. Low, blonde terraces of houses seem to rise out of the whitish, pinkish earth as if born from it, not built out of it. There is a faint, gritty dust over everything, like the dust those pastel crayons leave on your fingers.

Against these bleached pallors, the irridescent crusts of ceramic tiles that cover the ancient mausoleums ensorcellate the eye. The throbbing blue of Islam transforms itself to green while you look at it. Beneath a bulbous dome alternately lapis lazuli and veridian, the bones of Tamburlaine, the scourge of Asia, lie in a jade tomb. We are visiting an authentically fabulous city. We are in Samarkand.

The Revolution promised the Uzbek peasant women clothes of silk and on this promise, at least, did not welch. They wear tunics of flimsy satin, pink and yellow, red and white, black and white, red, green and white, in blotched stripes of brilliant colours that dazzle like an optical illusion, and they bedeck themselves with much jewellery made of red glass.

They always seem to be frowning because they paint a thick, black line straight across their foreheads that takes their eyebrows from one side of their faces to the other without a break. They rim their eyes with kohl. They look startling. They fas-

Angela Carter
Der Kuss

Die Winter in Zentralasien sind beißend und rauh, während die schweißnassen, stinkenden Sommer Cholera, Ruhr und Mückenschwärme mit sich bringen; aber im April ist die Luft wie ein zärtliches Streicheln über die Innenseiten der Schenkel, und der Duft der vielen blühenden Bäume überdeckt den im Hals würgenden Kloakengestank dieser Stadt.

Jeder Stadt wohnt eine eigene Logik inne. Stelle dir also eine Stadt vor, in einfachen geometrischen Formen gezeichnet mit Kreidestiften aus dem Malkasten eines Kindes, in Ocker, Weiß und hellem Terracotta. Niedrige blonde Häuser erheben sich in Terrassen aus der weißlich-rötlichen Erde, und es sieht aus, als wären sie nicht aus ihr gefertigt, sondern von ihr geboren. Über allem liegt ein feiner, körniger Staub ähnlich dem, den die Malkreide an deinen Fingern hinterlässt.

Vor dem Hintergrund dieser zarten, sonnengebleichten Töne betören die schillernden Schichten von Keramikkacheln, die die alten Mausoleen bedecken, das Auge. Aus dem pulsierenden Blau des Islam wird, während man es ansieht, ein Grün. Unter einer bald lapislazuliblauen, bald chromgrünen zwiebelförmigen Kuppel ruhen in einem Grabmal aus Jade die Gebeine Tamerlans, der Geißel Asiens. Wir sind zu Besuch in einer wirklichen Märchenstadt. Wir sind in Samarkand.

Die Revolution verhieß den usbekischen Bauersfrauen seidene Kleider, und wenigstens dieses Versprechen hat sie nicht gebrochen. Sie tragen Gewänder aus hauchdünnem Satin, rosa und gelb, rot und weiß, schwarz und weiß, rot, grün und weiß mit unregelmäßigen Streifen in leuchtenden Farben, die das Auge verwirren wie eine optische Täuschung, und sie behängen sich reichlich mit Schmuck aus rotem Glas.

Sie scheinen stets finster dreinzublicken, denn sie malen sich einen dicken schwarzen Strich quer über die Stirn, so dass ihre Augenbrauen ohne Unterbrechung von einer Seite des Gesichts zur anderen reichen. Ihre Wimpern schwärzen sie mit Antimon. Bei ihrem Anblick kann man erschrecken.

ten their long hair in two or three dozen whirling plaits. Young girls wear little velvet caps embroidered with metallic thread and beadwork. Older women cover their heads with a couple of scarves of flower-printed wool, one bound tight over the forehead, the other hanging loosely on to the shoulders. Nobody has worn a veil for sixty years.

They walk as purposefully as if they did not live in an imaginary city. They do not know that they themselves and their turbanned, sheepskin jacketted, booted menfolk are creatures as extraordinary to the foreign eye as a unicorn. They exist, in all their glittering and innocent exoticism, in direct contradiction to history. They do not know what I know about them. They do not know that this city is not the entire world. All they know of the world is this city, beautiful as an illusion, where irises grow in the gutters. In the tea-house a green parrot nudges the bars of its wicker cage.

The market has a sharp, green smell. A girl with black-barred brows sprinkles water from a glass over radishes. In this early part of the year, you can buy only last summer's dried fruit – apricots, peaches, raisins – except for a few, precious, wrinkled pomegranates, stored in sawdust through the winter and now split open on the stall to show how a wet nest of garnets remains within. A local speciality of Samarkand is salted apricot kernels, more delicious, even, than pistachios.

An old woman sells arum lilies. This morning, she came from the mountains, where wild tulips have put out flowers like blown bubbles of blood, and the wheedling turtle-doves are nesting among the rocks. This old woman dips bread into a cup of buttermilk for her lunch and eats slowly. When she has sold her lilies, she will go back to the place where they are growing.

She scarcely seems to inhabit time. Or, it is as

Sie flechten ihr langes Haar zu zwei oder drei Dutzend schwingenden Zöpfen. Junge Mädchen tragen kleine Samtkappen, die mit Gold- und Silberfäden durchwirkt und mit Perlen bestickt sind. Ältere Frauen bedecken ihren Kopf mit zwei blumengemusterten Wollschals, den einen fest um die Stirn gebunden, den anderen lose über die Schultern hängend. Seit sechzig Jahren trägt niemand mehr einen Schleier.

Sie bewegen sich so zielstrebig, als lebten sie gar nicht in einer Phantasiestadt. Sie wissen nicht, dass sie ebenso wie ihre Turban, Schafsfelljacke und Stiefel tragenden Männer Wesen sind, die einem fremden Betrachter so ungewöhnlich erscheinen wie ein Einhorn. In ihrer glitzernden, ahnungslosen Exotik leben sie in krassem Widerspruch zum Gang der Geschichte. Sie wissen nichts von dem, was ich über sie weiß. Sie wissen nicht, dass die Welt nicht allein aus dieser Stadt besteht. Alles, was sie von der Welt kennen, ist diese Stadt, schön wie ein Traumbild, wo selbst in der Gosse Iris blühen. Im Teehaus knabbert ein grüner Papagei an den Rohrstäben seines Käfigs.

Der Markt hat einen strengen, grünen Geruch. Ein Mädchen mit schwarzem Stirnstreif besprengt Rettiche mit Wasser aus einem Glas. Zu dieser frühen Jahreszeit gibt es nur die getrockneten Früchte des letzten Sommers zu kaufen – Aprikosen, Pfirsiche, Rosinen –, ausgenommen ein paar kostbare, runzlige Granatäpfel, die den Winter über in Sägemehl aufbewahrt wurden und nun aufgeschnitten an dem Marktstand liegen und zeigen, wie saftig das Nest von Granatsteinen in ihrem Innern noch ist. Eine Spezialität von Samarkand sind gesalzene Aprikosenkerne, die sogar noch besser schmecken als Pistazien.

Eine alte Frau verkauft Lilien. Sie ist an diesem Morgen aus den Bergen gekommen, wo die wilden Tulpen kleine blutrote Blüten wie Luftblasen hervorgetrieben haben und die schwatzhaften Turteltauben in den Felsen Nester bauen. Diese alte Frau tunkt Brot in eine Tasse Buttermilch und verzehrt es langsam zum Mittagessen. Wenn sie ihre Lilien verkauft hat, geht sie wieder dorthin, wo sie wachsen.

Fast könnte man glauben, sie lebe außerhalb der Zeit.

if she were waiting for Scheherezahde to perceive a final dawn had come and, the last tale of all concluded, fall silent. Then, the lily-seller might vanish.

A goat is nibbling wild jasmine among the ruins of the mosque that was built by the beautiful wife of Tamburlaine.

Tamburlaine's wife started to build this mosque for him as a surprise, while he was away at the wars, but when she got word of his imminent return, one arch still remained unfinished. She went directly to the architect and begged him to hurry but the architect told her that he would complete the work in time only if she gave him a kiss. One kiss, one single kiss.

Tamburlaine's wife was not only very beautiful and very virtuous but also very clever. She went to the market, bought a basket of eggs, boiled them hard and stained them a dozen different colours. She called the architect to the palace, showed him the basket and told him to choose any egg he liked and eat it. He took a red egg. What does it taste like? Like an egg. Eat another.

He took a green egg.

What does *that* taste like? Like the red egg. Try again.

He ate a purple egg.

One egg tastes just the same as any other egg, if they are fresh, he said.

There you are! she said. Each of these eggs looks different to the rest but they all taste the same. So you may kiss any one of my serving women that you like but you must leave me alone.

Very well, said the architect. But soon he came back to her and this time he was carrying a tray with three bowls on it, and you would have thought the bowls were all full of water.

Drink from each of these bowls, he said.

She took a drink from the first bowl, then from

Oder sie warte darauf, dass Scheherezade einen Morgen heraufdämmern sieht und weiß, dass es der letzte ist, und die letzte aller Geschichten beendet und dann verstummt. Dann könnte sich die Lilienverkäuferin in Nichts auflösen.

Eine Ziege nagt an dem wilden Jasmin in den Ruinen der Moschee, die Tamerlans schönes Weib erbauen ließ.

Tamerlans Weib begann mit dem Bau dieser Moschee, mit der sie ihn überraschen wollte, während er in der Ferne Krieg führte, aber als sie erfuhr, dass er in Kürze zurückkehren werde, da war ein Torbogen noch nicht fertiggestellt. Sie ging also sogleich zu dem Baumeister und bat ihn, sich zu beeilen, aber der Baumeister erwiderte, er werde die Arbeit nur dann rechtzeitig beenden, wenn sie ihm einen Kuss gebe. Nur einen Kuss, einen einzigen.

Tamerlans Weib war nicht nur sehr schön und sehr tugendhaft, sie war auch sehr klug. Sie ging auf den Markt, kaufte einen Korb mit Eiern, kochte sie hart und färbte sie mit einem Dutzend verschiedener Farben. Sie bestellte den Baumeister in den Palast, zeigte ihm den Korb und forderte ihn auf, sich ein Ei auszusuchen, das ihm gefiele, und es zu verzehren. Er wählte ein rotes Ei. Wie schmeckt es? Wie ein Ei. Iss noch eins.

Er wählte ein grünes.

Und wie schmeckt dieses? Genauso wie das rote Ei. Versuchs noch einmal.

Er aß ein lila Ei.

Wenn sie frisch sind, schmeckt ein Ei wie das andere, sagte er.

Siehst du, sagte sie. Diese Eier sehen alle verschieden aus, aber sie schmecken alle gleich. Du darfst also jede meiner Dienerinnen küssen, die dir gefällt, aber mich musst du in Ruhe lassen.

Nun gut, sagte der Baumeister. Schon bald kam er jedoch zu ihr zurück, und diesmal brachte er ihr auf einem Tablett drei Schalen, die alle mit Wasser gefüllt zu sein schienen.

Trink von jeder dieser Schalen, sagte er.

Sie trank ein wenig aus der ersten Schale, dann aus der

the second; but how she coughed and spluttered when she took a mouthful from the third bowl, because it contained, not water, but vodka.

This vodka and that water both look alike but each tastes quite different, he said. And it is the same with love.

Then Tamburlaine's wife kissed the architect on the mouth. He went back to the mosque and finished the arch the same day that victorious Tamburlaine rode into Samarkand with his army and banners and his cages full of captive kings. But when Tamburlaine went to visit his wife, she turned away from him because no woman will return to the harem after she has tasted vodka. Tamburlaine beat her with a knout until she told him she had kissed the architect and then he sent his executioners hotfoot to the mosque.

The executioners saw the architect standing on top of the arch and ran up the stairs with their knives drawn but when he heard them coming he grew wings and flew away to Persia.

This is a story in simple, geometric shapes and the bold colours of a child's box of crayons. This Tamburlaine's wife of the story would have painted a black stripe laterally across her forehead and done up her hair in a dozen, dozen tiny plaits, like any other Uzbek woman. She would have bought red and white radishes from the market for her husband's dinner. After she ran away from him perhaps she made her living in the market. Perhaps she sold lilies there.

zweiten, aber wie musste sie husten und prusten, als sie einen Schluck aus der dritten Schale nahm, denn darin war nicht Wasser, sondern Wodka.

Dieser Wodka und jenes Wasser sehen gleich aus, aber sie schmecken ganz verschieden, sagte er. Und mit der Liebe ist es genauso.

Darauf küsste Tamerlans Weib den Baumeister auf den Mund. Er ging zurück zur Moschee und vollendete den Torbogen am selben Tag, an dem der siegreiche Tamerlan mit seiner Armee und deren Fahnen und Käfigen voll gefangener Könige in Samarkand einritt. Aber als Tamerlan ging, sein Weib aufzusuchen, da wandte sie sich von ihm ab, denn keine Frau kehrt in den Harem zurück, wenn sie einmal Wodka gekostet hat. Tamerlan schlug sie mit einer Knute, bis sie ihm gestand, den Baumeister geküsst zu haben, und darauf hieß er seine Schergen zur Moschee eilen.

Die Schergen sahen den Baumeister oben auf dem Torbogen stehen und liefen mit gezückten Dolchen die Treppe hinauf, aber als er sie kommen hörte, da wuchsen ihm Flügel, und er flog davon nach Persien.

Dies ist eine Geschichte mit einer einfachen geometrischen Form und mit kräftigen Farben wie aus dem Malkasten eines Kindes. Zweifellos hat das Weib Tamerlans aus unserer Geschichte sich einen schwarzen Streifen quer über die Stirn gemalt und ihr Haar zu Dutzenden kleiner Zöpfchen geflochten wie alle anderen usbekischen Frauen. Sie hat ihrem Mann vom Markt rote und weiße Rettiche für das Abendessen mitgebracht. Vielleicht hat sie, nachdem sie ihm davongelaufen war, ihren Lebensunterhalt auf dem Markt verdient. Vielleicht hat sie dort Lilien verkauft.

Kazuo Ishiguro
A Family Supper

Fugu is a fish caught off the Pacific shores of Japan. The fish has held a special significance for me ever since my mother died through eating one. The poison resides in the sexual glands of the fish, inside two fragile bags. When preparing the fish, these bags must be removed with caution, for any clumsiness will result in the poison leaking into the veins. Regrettably, it is not easy to tell whether or not this operation has been carried out successfully. The proof is, as it were, in the eating.

Fugu poisoning is hideously painful and almost always fatal. If the fish has been eaten during the evening, the victim is usually overtaken by pain during his sleep. He rolls about in agony for a few hours and is dead by morning. The fish became extremely popular in Japan after the war. Until stricter regulations were imposed, it was all the rage to perform the hazardous gutting operation in one's own kitchen, then to invite neighbours and friends round for the feast.

At the time of my mother's death, I was living in California. My relationship with my parents had become somewhat strained around that period, and consequently I did not learn of the circumstances surrounding her death until I returned to Tokyo two years later. Apparently, my mother had always refused to eat fugu, but on this particular occasion she had made an exception, having been invited by an old schoolfriend whom she was anxious not to offend. It was my father who supplied me with the details as we drove from the airport to his house in the Kamakura district. When we finally arrived, it was nearing the end of a sunny autumn day.

"Did you eat on the plane?" my father asked. We were sitting on the tatami floor of his tea-room.

Kazuo Ishiguro
Ein Familien-Essen

Der Fugu ist eine Fischart, die an der Pazifikküste Japans gefangen wird. Dieser Fisch hat eine besondere Bedeutung für mich, seit meine Mutter durch seinen Verzehr starb. Das Gift sitzt in den Geschlechtsdrüsen des Fisches, in zwei hauchdünnen Taschen. Bei der Zubereitung des Fisches müssen diese Taschen vorsichtig entfernt werden, da jegliche Unachtsamkeit das Austreten des Giftes in die Adern zur Folge hat. Bedauerlicherweise kann man nicht genau feststellen, ob diese Operation erfolgreich ausgeführt wurde oder nicht. Den Nachweis erbringt erst der Verzehr.

Eine Fugu-Vergiftung ist außerordentlich qualvoll und fast immer tödlich. Ist der Fisch am Abend gegessen worden, wird das Opfer gewöhnlich im Schlaf von Schmerzen heimgesucht. Es wälzt sich einige Stunden in Krämpfen und ist am Morgen tot. Besonders beliebt wurde der Fisch in Japan nach dem Krieg. Bis strengere Bestimmungen eingeführt worden waren, war es Mode, das gewagte Fisch-Ausnehmen in der eigenen Küche auszuführen und dann alle Nachbarn und Freunde zu einem Festmahl einzuladen.

Zu der Zeit, als meine Mutter starb, lebte ich in Kalifornien. Das Verhältnis zu meinen Eltern war damals etwas gespannt, so dass ich von den Umständen ihres Todes erst erfuhr, als ich zwei Jahre später nach Tokio zurückkehrte. Meine Mutter hatte sich offenbar immer geweigert, Fugu zu essen, hatte dann aber eine Ausnahme gemacht, als sie von einem alten Schulfreund eingeladen wurde, den sie auf keinen Fall beleidigen wollte. Es war mein Vater, der mich über diese Einzelheiten aufklärte, während wir vom Flughafen zu seinem Haus im Stadtteil Kamakura fuhren. Als wir schließlich ankamen, neigte sich ein sonniger Herbsttag seinem Ende zu.

«Hast du im Flugzeug gegessen?» fragte mein Vater. Wir saßen auf dem Tatami-Boden seines Teezimmers.

"They gave me a light snack."

"You must be hungry. We'll eat as soon as Kikuko arrives."

My father was a formidable-looking man with a large stony jaw and furious black eyebrows. I think now in retrospect that he much resembled Chou Enlai, although he would not have cherished such a comparison, being particularly proud of the pure samurai blood that ran in the family. His general presence was not one which encouraged relaxed conversation; neither were things helped much by his odd way of stating each remark as if it were the concluding one. In fact, as I sat opposite him that afternoon, a boyhood memory came back to me of the time he had struck me several times around the head for "chattering like an old woman". Inevitably, our conversation since my arrival at the airport had been punctuated by long pauses.

"I'm sorry to hear about the firm," I said when neither of us had spoken for some time. He nodded gravely.

"In fact the story didn't end there," he said. "After the firm's collapse, Watanabe killed himself. He didn't wish to live with the disgrace."

"I see."

"We were partners for seventeen years. A man of principle and honour. I respected him very much."

"Will you go into business again?" I asked.

"I am – in retirement. I'm too old to involve myself in new ventures now. Business these days has become so different. Dealing with foreigners. Doing things their way. I don't understand how we've come to this. Neither did Watanabe." He sighed. "A fine man. A man of principle."

The tea-room looked out over the garden. From where I sat I could make out the ancient well which as a child I had believed haunted. It was

«Ich habe einen leichten Imbiss bekommen.»

«Du musst hungrig sein. Wir werden essen, sobald Kikuko heimgekommen ist.»

Das Aussehen meines Vaters mit seinem breiten kantigen Kinn und den buschigen schwarzen Augenbrauen war furchteinflößend. Jetzt, in der Erinnerung, glaube ich, dass er Tschou En-lai sehr ähnlich sah, auch wenn er einen solchen Vergleich nicht sehr geschätzt hätte, da er auf das reine Samurai-Blut, das in den Adern der Familie floss, sehr stolz war. In seiner Gegenwart kam eine entspannte Unterhaltung nicht leicht zustande; dazu trug auch seine Eigenart bei, dass alles, was er sagte, so klang, als sei es das letzte Wort. Als ich ihm an diesem Nachmittag gegenübersaß, erinnerte ich mich, wie er mich als Kind sogar mehrmals geohrfeigt hatte, weil ich «daherredete wie ein altes Weib». So kam es, dass unser Gespräch seit meiner Ankunft am Flughafen von langen Pausen unterbrochen wurde.

«Die Sache mit der Firma tut mir leid», sagte ich, nachdem wir eine Weile geschwiegen hatten. Er nickte ernst.

«Eigentlich ist die Geschichte hier noch nicht zu Ende», sagte er. «Nach dem Konkurs der Firma brachte sich Watanabe um. Er wollte nicht mit der Schande weiterleben.»

«Ich verstehe.»

«Wir waren siebzehn Jahre lang Partner. Ein Mann mit Prinzipien und Anstand. Ich habe ihn sehr geschätzt.»

«Steigst du wieder ins Geschäft ein?» fragte ich ihn.

«Ich bin – im Ruhestand. Ich bin inzwischen zu alt, um mich an neuen Unternehmen zu beteiligen. Das Geschäft hat sich so sehr verändert. Das Verhandeln mit Ausländern. Auf ihre Weise arbeiten zu müssen. Ich verstehe nicht, wie es so weit mit uns kommen konnte. Watanabe verstand es auch nicht.» Er seufzte. «Ein hervorragender Mann. Ein Mann mit Grundsätzen.»

Das Teezimmer bot einen Ausblick über den Garten. Von dort, wo ich saß, konnte ich den alten Brunnen erkennen, von dem ich als Kind geglaubt hatte, dass es bei ihm spuke.

just visible now through the thick foliage. The sun had sunk low and much of the garden had fallen into shadow.

"I'm glad in any case that you've decided to come back," my father said. "More than a short visit, I hope."

"I'm not sure what my plans will be."

"I for one am prepared to forget the past. Your mother too was always ready to welcome you back – upset as she was by your behaviour."

"I appreciate your sympathy. As I say, I'm not sure what my plans are."

"I've come to believe now that there were no evil intentions in your mind," my father continued. "You were swayed by certain influences. Like so many others."

"Perhaps we should forget it, as you suggest."

"As you will. More tea?"

Just then a girl's voice came echoing through the house.

"At last." My father rose to his feet. "Kikuko has arrived."

Despite our difference in years, my sister and I had always been close. Seeing me again seemed to make her excessively excited and for a while she did nothing but giggle nervously. But she calmed down somewhat when my father started to question her about Osaka and her university. She answered him with short formal replies. She in turn asked me a few questions, but she seemed inhibited by the fear that her questions might lead to awkward topics. After a while, the conversation had become even sparser than prior to Kikuko's arrival. Then my father stood up, saying: "I must attend to the supper. Please excuse me for being burdened down by such matters. Kikuko will look after you."

My sister relaxed quite visibly once he had left the room. Within a few minutes, she was chatting

Er war nur undeutlich durch das dichte Laub zu erkennen. Die Sonne stand sehr tief, und der Garten lag größtenteils im Schatten.

«Jedenfalls bin ich froh, dass du dich entschieden hast heimzukommen», bemerkte mein Vater. «Mehr als nur ein kurzer Besuch, hoffe ich.»

«Ich bin mir über meine Pläne noch nicht im klaren.»

«Ich bin jedenfalls bereit, die Vergangenheit zu vergessen. Auch deine Mutter hätte dich immer willkommen geheißen – obwohl du ihr Kummer bereitet hast.»

«Ich weiß dein Entgegenkommen zu schätzen. Wie gesagt, ich bin mir nicht im klaren über meine Pläne.»

«Inzwischen bin ich zu der Überzeugung gelangt, dass du keine bösen Absichten hattest», fuhr mein Vater fort. «Du hast dich mitreißen lassen von – gewissen Einflüssen. Wie so viele andere.»

«Vielleicht sollten wir das vergessen, wie du vorgeschlagen hast.»

«Wie du willst. Noch Tee?»

In diesem Augenblick hallte eine Mädchenstimme durch das Haus.

«Endlich.» Mein Vater erhob sich. «Kikuko ist da.»

Trotz unseres Altersunterschiedes hatten meine Schwester und ich uns immer sehr nahe gestanden. Das Wiedersehen mit mir schien sie sehr aufzuwühlen, und eine Zeitlang kicherte sie nur verkrampft. Sie beruhigte sich etwas, als mein Vater begann, sie über Osaka und ihre Universität zu befragen. Sie antwortete ihm in kurzen förmlichen Sätzen. Dann stellte sie mir einige Fragen, aber sie schien befangen in der Angst, ihre Fragen könnten unangenehme Themen berühren. Nach einer Weile schleppte sich das Gespräch noch schwerfälliger hin als vor Kikukos Ankunft. Schließlich stand mein Vater auf und sagte: «Ich muss nach dem Abendessen sehen. Bitte entschuldige, dass ich durch solche Dinge belastet bin. Kikuko wird sich um dich kümmern.»

Meine Schwester war merklich entspannter, als er den Raum verlassen hatte. Schon nach wenigen Minuten er-

freely about her friends in Osaka and about her classes at university. Then quite suddenly she decided we should walk in the garden and went striding out onto the veranda. We put on some straw sandals that had been left along the veranda rail and stepped out into the garden. The daylight had almost gone.

"I've been dying for a smoke for the last half-hour," she said, lighting a cigarette.

"Then why didn't you smoke?"

She made a furtive gesture back towards the house, then grinned mischievously.

"Oh I see," I said.

"Guess what? I've got a boyfriend now."

"Oh yes?"

"Except I'm wondering what to do. I haven't made up my mind yet."

"Quite understandable."

"You see, he's making plans to go to America. He wants me to go with him as soon as I finish studying."

"I see. And you want to go to America?"

"If we go, we're going to hitch-hike." Kikuko waved a thumb in front of my face. "People say it's dangerous, but I've done it in Osaka and it's fine."

"I see. So what is it you're unsure about?"

We were following a narrow path that wound through the shrubs and finished by the old well. As we walked, Kikuko persisted in taking unnecessarily theatrical puffs on her cigarette.

"Well. I've got lots of friends now in Osaka. I like it there. I'm not sure I want to leave them all behind just yet. And Suichi – I like him, but I'm not sure I want to spend so much time with him. Do you understand?"

"Oh perfectly."

She grinned again, then skipped on ahead of me until she had reached the well. "Do you remem-

zählte sie ganz offen von ihren Freunden in Osaka und ihren Kursen an der Universität. Dann schlug sie unvermittelt vor, dass wir in den Garten gehen sollten, und trat hinaus auf die Veranda. Wir zogen Strohsandalen an, die am Terrassengeländer lagen, und gingen in den Garten. Es war inzwischen fast dunkel.

«Seit einer halben Stunde will ich dringend eine rauchen», sagte sie und zündete sich eine Zigarette an.

«Und warum hast du nicht geraucht?»

Sie machte eine verstohlene Geste zurück in Richtung des Hauses und lächelte verschwörerisch.

«Ach so», sagte ich.

«Stell dir vor, ich habe inzwischen einen Freund.»

«Oh, tatsächlich?»

«Allerdings frage ich mich, was ich tun soll. Ich habe mich noch nicht entschieden.»

«Das kann ich verstehen.»

«Weißt du, er plant, nach Amerika zu gehen. Er will, dass ich mitkomme, sobald ich mein Studium beendet habe.»

«Verstehe. Und willst du nach Amerika gehen?»

«Wenn wir gehen, dann per Anhalter.» Kikuko fuchtelte mit ihrem Daumen vor meinem Gesicht herum. «Die Leute sagen, es sei gefährlich, aber ich habe es in Osaka versucht und es klappte.»

«So... Worüber bist du dir denn dann unsicher?»

Wir folgten einem schmalen Pfad, der sich durch das Gebüsch wand und an dem alten Brunnen endete. Im Gehen zog Kikuko ständig übertrieben auffällig an ihrer Zigarette.

«Nun, ich habe mittlerweile viele Freunde in Osaka. Mir gefällt es dort. Ich weiß nicht, ob ich sie alle gerade jetzt verlassen soll. Und Suichi – ich mag ihn, aber ich weiß nicht, ob ich so viel Zeit mit ihm verbringen will. Verstehst du?»

«Ja, sehr gut.»

Sie lächelte wieder und lief mir voraus, bis sie den Brunnen erreicht hatte. «Erinnerst du dich», fragte sie,

ber," she said, as I came walking up to her, "how you used to say this well was haunted?"

"Yes, I remember."

We both peered over the side.

"Mother always told me it was the old woman from the vegetable store you'd seen that night," she said. "But I never believed her and never came out here alone."

"Mother used to tell me that too. She even told me once the old woman had confessed to being the ghost. Apparently she'd been taking a short cut through our garden. I imagine she had some trouble clambering over these walls."

Kikuko gave a giggle. She then turned her back to the well, casting her gaze about the garden.

"Mother never really blamed you, you know," she said, in a new voice. I remained silent. "She always used to say to me how it was their fault, hers and Father's, for not bringing you up correctly. She used to tell me how much more careful they'd been with me, and that's why I was so good." She looked up and the mischievous grin had returned to her face. "Poor Mother," she said.

"Yes. Poor Mother."

"Are you going back to California?"

"I don't know. I'll have to see."

"What happened to – to her? To Vicki?"

"That's all finished with," I said. "There's nothing much left for me now in California."

"Do you think I ought to go there?"

"Why not? I don't know. You'll probably like it." I glanced towards the house. "Perhaps we'd better go in soon. Father might need a hand with the supper."

But my sister was once more peering down into the well. "I can't see any ghosts," she said. Her voice echoed a little.

"Is Father very upset about his firm collapsing?"

als ich ihr nachfolgte, «wie du immer davon sprachst, dass es dort spuke?»

«Ja, ich weiß noch.»

Wir warfen beide einen Blick über den Rand.

«Mutter erzählte mir, es sei die alte Frau vom Gemüseladen gewesen, die du in jener Nacht gesehen hast», sagte sie. «Ich habe das aber nie geglaubt und bin nie alleine hierher gegangen.»

«Das hat Mutter mir auch erzählt. Sie sagte sogar einmal, dass die alte Frau zugegeben hätte, sie sei das Gespenst. Offenbar hatte sie eine Abkürzung durch unseren Garten genommen. Ich vermute, sie hatte einige Schwierigkeiten, über diese Mauern zu klettern.»

Kikuko kicherte. Dann wandte sie sich vom Brunnen ab und ließ den Blick über den Garten schweifen.

«Mutter hat dir nie Schuld gegeben, weißt du», bemerkte sie mit veränderter Stimme. Ich schwieg. «Mir sagte sie immer, dass es ihre Schuld gewesen sei, ihre und Vaters Schuld, dich nicht anständig erzogen zu haben. Sie erzählte mir immer, dass sie mit mir viel fürsorglicher waren und dass ich deshalb so brav sei.» Sie blickte auf, das verschwörerische Lächeln war in ihr Gesicht zurückgekehrt. «Arme Mutter», sagte sie.

«Ja, arme Mutter.»

«Gehst du wieder nach Kalifornien?»

«Ich weiß nicht. Mal sehen.»

«Was ist aus… ihr geworden? Aus Vicki?»

«Das ist alles vorbei», erwiderte ich. «Es gibt nicht mehr viel, was für mich in Kalifornien geblieben ist.»

«Meinst du, ich sollte auch mal hin fahren?»

«Warum nicht? Ich weiß nicht. Wahrscheinlich würde es dir gefallen.» Ich warf einen Blick zum Haus. «Wir sollten bald hineingehen. Möglicherweise braucht Vater Hilfe mit dem Abendessen.»

Aber meine Schwester starrte noch einmal in den Brunnen. «Ich kann keine Gespenster sehen», sagte sie. Ihre Stimme hallte ein wenig nach.

«Ist Vater sehr niedergeschlagen wegen des Konkurses?»

"Don't know. You can never tell with Father." Then suddenly she straightened up and turned to me. "Did he tell you about old Watanabe? What he did?"

"I heard he committed suicide."

"Well, that wasn't all. He took his whole family with him. His wife and his two little girls."

"Oh yes?"

"Those two beautiful little girls. He turned on the gas while they were all asleep. Then he cut his stomach with a meat knife."

"Yes, Father was just telling me how Watanabe was a man of principle."

"Sick." My sister turned back to the well.

"Careful. You'll fall right in."

"I can't see any ghost," she said. "You were lying to me all that time."

"But I never said it lived down the well."

"Where is it, then?"

We both looked around at the trees and shrubs. The light in the garden had grown very dim. Eventually I pointed to a small clearing some ten yards away.

"Just there I saw it. Just there."

We stared at the spot.

"What did it look like?"

"I couldn't see very well. It was dark."

"But you must have seen something."

"It was an old woman. She was just standing there, watching me."

We kept staring at the spot as if mesmerized.

"She was wearing a white kimono," I said. "Some of her hair had come undone. It was blowing around a little."

Kikuko pushed her elbow against my arm. "Oh be quiet. You're trying to frighten me all over again." She trod on the remains of her cigarette, then for a brief moment stood regarding it with

«Keine Ahnung. Bei Vater weiß man nie.» Plötzlich richtete sie sich auf und wandte sich zu mir. «Hat er dir von dem alten Watanabe erzählt? Was er getan hat?»

«Ich hörte, er habe Selbstmord begangen.»

«Aber das war nicht alles. Er nahm seine ganze Familie mit. Seine Frau und seine zwei kleinen Töchter.»

«Ach ja?»

«Die zwei hübschen kleinen Mädchen. Er drehte das Gas auf, als alle schliefen. Dann schlitzte er sich den Bauch mit einem Fleischmesser auf.»

«Ja, Vater hat mir gerade erzählt, was für ein prinzipientreuer Mann Watanabe gewesen sei.»

«Verrückt.» Meine Schwester wandte sich wieder zum Brunnen.

«Vorsicht. Du fällst noch hinein.»

«Ich kann kein Gespenst sehen», sagte sie. «Du hast mich die ganze Zeit belogen.»

«Ich habe nie behauptet, es sei unten im Brunnen.»

«Wo soll es denn sonst sein?»

Wir sahen nach den Bäumen und Sträuchern ringsum. Im Garten war es inzwischen dunkel geworden. Schließlich deutete ich auf eine freie Stelle, etwa zehn Meter entfernt.

«Genau da habe ich es gesehen. Genau da.»

Wir starrten auf den Fleck.

«Wie sah es aus?»

«Ich konnte nicht viel erkennen. Es war dunkel.»

«Aber du musst etwas gesehen haben.»

Es war eine alte Frau. Sie stand einfach da und sah mich an.»

Wir starrten wie gebannt auf den Punkt.

«Sie trug einen weißen Kimono», erklärte ich. «Aus ihrer Frisur hatten sich ein paar Strähnen gelöst. Sie wehten ein wenig im Wind.»

Kikuko stieß meinen Arm mit ihrem Ellbogen an. «Oh, sei still. Du willst mir nur wieder Angst einjagen.» Sie trat ihren Zigarettenstummel aus, dann stand sie einen Augenblick da und betrachtete ihn verwundert. Sie scharrte ein

a perplexed expression. She kicked some pine needles over it, then once more displayed her grin. "Let's see if supper's ready," she said.

We found my father in the kitchen. He gave us a quick glance, then carried on with what he was doing.

"Father's become quite a chef since he's had to manage on his own," Kikuko said with a laugh. He turned and looked at my sister coldly.

"Hardly a skill I'm proud of," he said. "Kikuko, come here and help."

For some moments my sister did not move. Then she stepped forward and took an apron hanging from a drawer.

"Just these vegetables need cooking now," he said to her. "The rest just needs watching." Then he looked up and regarded me strangely for some seconds. "I expect you want to look around the house," he said eventually. He put down the chopsticks he had been holding. "It's a long time since you've seen it."

As we left the kitchen I glanced back towards Kikuko, but her back was turned.

"She's a good girl," my father said quietly.

I followed my father from room to room. I had forgotten how large the house was. A panel would slide open and another room would appear. But the rooms were all startlingly empty. In one of the rooms the lights did not come on, and we stared at the stark walls and tatami in the pale light that came from the windows.

"This house is too large for a man to live in alone," my father said. "I don't have much use for most of these rooms now."

But eventually my father opened the door to a room packed full of books and papers. There were flowers in vases and pictures on the walls. Then I noticed something on a low table in the corner of

paar Piniennadeln darüber und setzte wieder ihr Lächeln auf. «Lass uns sehen, ob das Abendessen fertig ist», sagte sie.

Wir fanden meinen Vater in der Küche. Er warf uns einen kurzen Blick zu, dann fuhr er mit seiner Arbeit fort.

«Vater ist ein richtiger Koch geworden, seit er für sich selbst sorgen muss», bemerkte Kikuko mit einem Lachen. Er wandte sich um und schaute meine Schwester streng an.

«Nicht unbedingt eine Fähigkeit, auf die ich stolz bin», erwiderte er. «Kikuko, komm her und hilf mir.»

Im ersten Augenblick bewegte sich meine Schwester nicht. Dann trat sie zu ihm und nahm eine Schürze, die an einer Schublade hing.

«Nur das Gemüse muss noch gekocht werden», sagte er zu ihr. «Auf den Rest muss man nur aufpassen.» Dann sah er auf und betrachtete mich einige Sekunden lang sonderbar. «Wahrscheinlich möchtest du dich im Haus umschauen», meinte er schließlich. Er legte die Ess-Stäbchen nieder, die er in der Hand hielt. «Es ist lange her, seit du es zuletzt gesehen hast.»

Als wir die Küche verließen, wandte ich mich nach Kikuko um, aber sie kehrte uns den Rücken zu.

«Sie ist ein braves Mädchen», sagte mein Vater leise.

Ich folgte meinem Vater von Raum zu Raum. Ich hatte vergessen, wie groß das Haus war. Immer wieder öffnete sich eine Trennwand, und ein weiteres Zimmer tat sich auf. Aber alle Räume waren erschreckend leer. In einem Zimmer ging das Licht nicht an, und wir starrten in dem fahlen Licht, das durch die Fenster fiel, auf die nackten Wände und den Tatamiboden.

«Das Haus ist jetzt zu groß für einen Mann allein», sagte mein Vater. «Ich habe nicht mehr viel Verwendung für all diese Zimmer.»

Schließlich öffnete mein Vater ein Zimmer, das voller Bücher und Papiere war. In Vasen standen Blumen und an den Wänden hingen Bilder. Dann bemerkte ich etwas auf einem niedrigen Tisch in der Ecke des Zimmers. Ich

the room. I came nearer and saw it was a plastic model of a battleship, the kind constructed by children. It had been placed on some newspaper; scattered around it were assorted pieces of grey plastic.

My father gave a laugh. He came up to the table and picked up the model.

"Since the firm folded," he said, "I have a little more time on my hands." He laughed again, rather strangely. For a moment his face looked almost gentle. "A little more time."

"That seems odd," I said. "You were always so busy."

"Too busy perhaps." He looked at me with a small smile. "Perhaps I should have been a more attentive father."

I laughed. He went on contemplating his battleship. Then he looked up. "I hadn't meant to tell you this, but perhaps it's best that I do. It's my belief that your mother's death was no accident. She had many worries. And some disappointments."

We both gazed at the plastic battleship.

"Surely," I said eventually, "my mother didn't expect me to live here for ever."

"Obviously you don't see. You don't see how it is for some parents. Not only must they lose their children, they must lose them to things they don't understand." He spun the battleship in his fingers. "These little gunboats here could have been better glued, don't you think?"

"Perhaps. I think it looks fine."

"During the war I spent some time on a ship rather like this. But my ambition was always the air force. I figured it like this. If your ship was struck by the enemy, all you could do was struggle in the water hoping for a lifeline. But in an aeroplane – well – there was always the final weapon." He put the model back onto the table. "I don't suppose you believe in war."

trat näher und sah, dass es das Plastikmodell eines Kriegsschiffes war, von der Art, wie Kinder es basteln. Es lag auf einem Stück Zeitung, und ringsum waren verschiedene graue Plastikteile verstreut.

Mein Vater lachte auf. Er kam zum Tisch und nahm das Schiff.

«Seit die Firma bankrott ist», erklärte er, «habe ich etwas mehr Zeit zur Verfügung.» Er lachte wieder auf ziemlich merkwürdige Weise. Für einen Moment sah sein Gesicht beinahe mild aus. «Ein bisschen mehr Zeit.»

«Das kommt mir seltsam vor», erwiderte ich. «Du warst immer so beschäftigt.»

«Zu beschäftigt vielleicht.» Er schaute mich mit einem kurzen Lächeln an. «Vielleicht hätte ich ein aufmerksamerer Vater sein sollen.»

Ich lachte. Er betrachtete wieder sein Kriegsschiff. Dann schaute er auf. «Ich hatte nicht vor, dir das zu sagen, aber möglicherweise ist es besser, wenn ich es tue. Ich bin überzeugt, dass der Tod deiner Mutter kein Unfall war. Sie hatte viele Sorgen. Und es gab Enttäuschungen.»

Wir starrten beide auf das Kriegsschiff.

«Meine Mutter hat doch sicher nicht erwartet, dass ich für immer hier leben würde», sagte ich schließlich.

«Offensichtlich verstehst du es nicht. Du kannst nicht nachvollziehen, was es für manche Eltern bedeutet. Nicht nur, dass sie ihre Kinder verlieren, sie verlieren sie an Dinge, die sie nicht begreifen.» Er drehte das Kriegsschiff in seinen Händen hin und her. «Diese kleinen Kanonenboote könnten besser geleimt sein, meinst du nicht?»

«Vielleicht. Ich finde, es sieht gut aus.»

«Während des Krieges habe ich einige Zeit auf einem Boot wie diesem hier gedient. Aber ich wäre lieber bei der Luftwaffe gewesen. Ich sagte mir, wenn ein Schiff vom Feind getroffen war, konnte man nur noch im Wasser strampeln und auf eine Rettungsleine hoffen. Aber im Flugzeug – nun, da gab es immer eine letzte Waffe.» Er stellte das Modell zurück auf den Tisch. «Ich vermute, du hältst nichts vom Krieg.»

"Not particularly."

He cast an eye around the room. "Supper should be ready by now," he said. "You must be hungry."

Supper was waiting in a dimly lit room next to the kitchen. The only source of light was a big lantern that hung over the table, casting the rest of the room into shadow. We bowed to each other before starting the meal.

There was little conversation. When I made some polite comment about the food, Kikuko giggled a little. Her earlier nervousness seemed to have returned to her. My father did not speak for several minutes. Finally he said:

"It must feel strange for you, being back in Japan."

"Yes, it is a little strange."

"Already, perhaps, you regret leaving America."

"A little. Not so much. I didn't leave behind much. Just some empty rooms."

"I see."

I glanced across the table. My father's face looked stony and forbidding in the half-light. We ate on in silence.

Then my eye caught something at the back of the room. At first I continued eating, then my hands became still. The others noticed and looked at me. I went on gazing into the darkness past my father's shoulder.

"Who is that? In that photograph there?"

"Which photograph?" My father turned slightly, trying to follow my gaze.

"The lowest one. The old woman in the white kimono."

My father put down his chopsticks. He looked first at the photograph, then at me.

"Your mother." His voice had become very hard.
"Can't you recognize your own mother?"

«Nicht besonders viel.»

Er blickte sich im Zimmer um. «Das Abendessen müsste inzwischen fertig sein», sagte er. «Du bist sicher hungrig.»

Das Abendessen wartete in einem schwach erleuchteten Raum neben der Küche. Die einzige Lichtquelle war ein großer Lampion, der über dem Tisch hing, wodurch der Rest des Zimmers im Schatten lag. Wir verneigten uns voreinander, bevor wir anfingen zu essen.

Es wurde kaum gesprochen. Als ich eine höfliche Bemerkung über das Essen machte, kicherte Kikuko ein wenig. Ihre vorherige Nervosität schien zurückgekehrt zu sein. Mein Vater schwieg mehrere Minuten lang. Schließlich sagte er:

«Es muss dir seltsam vorkommen, wieder in Japan zu sein.»

«Ja, es ist ein bisschen sonderbar.»

«Vielleicht bereust du bereits, Amerika verlassen zu haben.»

«Ein wenig. Nicht sehr. Ich habe nicht viel zurückgelassen. Nur ein paar leere Zimmer.»

«Ich verstehe.»

Ich schaute über den Tisch. Das Gesicht meines Vaters wirkte im Halbdunkel versteinert und abweisend. Schweigend aßen wir weiter.

Dann fiel mein Blick auf etwas im hinteren Teil des Zimmers. Zunächst aß ich weiter, dann ließ ich meine Hände sinken. Die anderen bemerkten es und schauten mich an. Ich starrte weiterhin an der Schulter meines Vaters vorbei in die Dunkelheit.

«Wer ist das? Auf der Fotografie dort drüben?»

«Auf welcher Fotografie?» Mein Vater drehte sich halb um und versuchte, meinem Blick zu folgen.

«Die unterste. Die alte Frau in dem weißen Kimono.»

Mein Vater legte seine Stäbchen nieder. Er schaute erst auf das Foto, dann zu mir.

«Deine Mutter.» Seine Stimme klang auf einmal sehr hart. «Erkennst du deine eigene Mutter nicht?»

"My mother. You see, it's dark. I can't see it very well."

No one spoke for a few seconds, then Kikuko rose to her feet. She took the photograph down from the wall, came back to the table and gave it to me.

"She looks a lot older," I said.

"It was taken shortly before her death," said my father.

"It was the dark. I couldn't see very well."

I looked up and noticed my father holding out a hand. I gave him the photograph. He looked at it intently, then held it towards Kikuko. Obediently, my sister rose to her feet once more and returned the picture to the wall.

There was a large pot left unopened at the centre of the table. When Kikuko had seated herself again, my father reached forward and lifted the lid. A cloud of steam rose up and curled towards the lantern. He pushed the pot a little towards me.

"You must be hungry," he said. One side of his face had fallen into shadow.

"Thank you." I reached forward with my chopsticks. The steam was almost scalding. "What is it?"

"Fish."

"It smells very good."

In amidst soup were strips of fish that had curled almost into balls. I picked one out and brought it to my bowl.

"Help yourself. There's plenty."

"Thank you." I took a little more, then pushed the pot towards my father. I watched him take several pieces to his bowl. Then we both watched as Kikuko served herself.

My father bowed slightly. "You must be hungry," he said again. He took some fish to his mouth and started to eat. Then I too chose a piece

«Meine Mutter. Nun, es ist dunkel. Ich kann es nicht besonders gut sehen.»

Einen Augenblick lang sprach niemand, dann erhob sich Kikuko. Sie nahm die Fotografie von der Wand, kam zurück zum Tisch und reichte sie mir.

«Sie sieht viel älter aus», sagte ich.

«Es wurde kurz vor ihrem Tod aufgenommen», sagte mein Vater.

«Es war im Dunkeln. Ich konnte nicht besonders gut sehen.»

Ich schaute auf und bemerkte, dass mein Vater seine Hand ausstreckte. Ich gab ihm die Photographie. Er betrachtete sie eingehend, hielt sie dann Kikuko hin. Gehorsam stand meine Schwester noch einmal auf und hängte das Bild wieder an die Wand.

Ein großer Topf stand noch ungeöffnet in der Mitte des Tisches. Nachdem Kikuko sich wieder gesetzt hatte, beugte sich mein Vater vor und hob den Deckel. Eine Dampfwolke stieg auf und kräuselte sich zur Laterne. Er schob mir den Topf hin.

«Du musst hungrig sein», sagte er. Sein Gesicht lag zur Hälfte im Schatten.

«Danke.» Ich streckte meine Hand mit den Essstäbchen aus. Der Dampf war sehr heiß. «Was ist es?»

«Fisch.»

«Es riecht sehr gut.»

In einer Suppe schwammen Streifen von Fisch, die sich fast zu Kugeln zusammengerollt hatten. Ich pickte ein Stück heraus und legte es in meine Schüssel.

«Bediene dich. Es ist reichlich da.»

«Danke.»

Ich nahm etwas mehr und schob dann den Topf meinem Vater hin. Ich beobachtete ihn, wie er mehrere Stückchen in seine Schüssel legte. Dann schauten wir beide zu, wie Kikuko sich bediente.

Mein Vater verneigte sich leicht. «Du musst hungrig sein», sagte er wieder. Er hob ein Stück Fisch zum Mund und begann zu essen. Darauf wählte auch ich ein Stück

and put it in my mouth. It felt soft, quite fleshy against my tongue.

"Very good," I said. "What is it?"

"Just fish."

"It's very good."

The three of us ate on in silence. Several minutes went by.

"Some more?"

"Is there enough?"

"There's plenty for all of us." My father lifted the lid and once more steam rose up. We all reached forward and helped ourselves.

"Here," I said to my father, "you have this last piece."

"Thank you."

When we had finished the meal, my father stretched out his arms and yawned with an air of satisfaction. "Kikuko," he said. "Prepare a pot of tea, please."

My sister looked at him, then left the room without comment. My father stood up.

"Let's retire to the other room. It's rather warm in here."

I got to my feet and followed him into the tea-room. The large sliding windows had been left open, bringing in a breeze from the garden. For a while we sat in silence.

"Father," I said, finally.

"Yes?"

"Kikuko tells me Watanabe-San took his whole family with him."

My father lowered his eyes and nodded. For some moments he seemed deep in thought. "Watanabe was very devoted to his work," he said at last. "The collapse of the firm was a great blow to him. I fear it must have weakened his judgement."

"You think what he did – it was a mistake?"

"Why, of course. Do you see it otherwise?"

aus und steckte es in den Mund. Es fühlte sich auf der Zunge weich und fleischig an.

«Sehr gut», sagte ich. «Was ist es?»

«Einfach nur Fisch.»

«Er ist sehr gut.»

Wir alle aßen schweigend weiter. Einige Minuten vergingen.

«Noch etwas mehr?»

«Ist noch genug da?»

«Es reicht für uns alle.» Mein Vater hob den Deckel, und wieder stieg Dampf auf. Wir beugten uns vor und bedienten uns.

«Hier», sagte ich zu meinem Vater, «nimm du das letzte Stück.»

«Danke.»

Als wir mit dem Essen fertig waren, streckte sich mein Vater und gähnte mit zufriedener Miene. «Kikuko», sagte er. «Mache eine Kanne Tee, bitte.»

Meine Schwester schaute ihn an und verließ dann wortlos den Raum. Mein Vater erhob sich.

«Gehen wir in das andere Zimmer. Es ist ziemlich warm hier drinnen.»

Ich stand auf und folgte ihm in das Teezimmer. Die großen Schiebefenster waren geöffnet worden und ließen eine Brise vom Garten herein. Eine Weile saßen wir schweigend da.

«Vater», sagte ich schließlich.

«Ja?»

«Kikuko erzählte mir, dass Watanabe-San seine ganze Familie umgebracht hat.»

Mein Vater senkte den Blick und nickte. Für einige Augenblicke schien er tief in Gedanken versunken. «Watanabe hatte sich ganz seiner Arbeit verschrieben», sagte er schließlich. «Der Konkurs der Firma war ein schwerer Schlag für ihn. Ich fürchte, es hat sein Urteilsvermögen beeinträchtigt.»

«Du meinst, was er getan hat – es war ein Fehler?»

«Aber natürlich. Siehst du es anders?»

"No, no. Of course not."

"There are other things besides work."

"Yes."

We fell silent again. The sound of locusts came in from the garden. I looked out into the darkness. The well was no longer visible.

"What do you think you will do now?" my father asked. "Will you stay in Japan for a while?"

"To be honest, I hadn't thought that far ahead."

"If you wish to stay here, I mean here in this house, you would be very welcome. That is, if you don't mind living with an old man."

"Thank you. I'll have to think about it."

I gazed out once more into the darkness.

"But of course," said my father, "this house is so dreary now. You'll no doubt return to America before long."

"Perhaps. I don't know yet."

"No doubt you will."

For some time my father seemed to be studying the back of his hands. Then he looked up and sighed.

"Kikuko is due to complete her studies next spring," he said. "Perhaps she will want to come home then. She's a good girl."

"Perhaps she will."

"Things will improve then."

"Yes, I'm sure they will."

We fell silent once more, waiting for Kikuko to bring the tea.

«Nein, nein. Natürlich nicht.»

«Es gibt andere Dinge als Arbeit.»

«Ja.»

Wir fielen wieder in Schweigen. Das Zirpen von Zikaden drang vom Garten herein. Ich schaute hinaus in die Dunkelheit. Der Brunnen war nicht mehr zu sehen.

«Was gedenkst du jetzt zu tun?» fragte mein Vater. «Wirst du für eine Weile in Japan bleiben?»

«Ehrlich gesagt habe ich noch nicht so weit gedacht.»

«Wenn du hier bleiben möchtest, ich meine hier im Haus, bist du sehr willkommen. Das heißt, wenn es dir nichts ausmacht, mit einem alten Mann zusammen zu leben.»

«Danke. Ich werde darüber nachdenken.»

Ich starrte wieder in die Dunkelheit.

«Allerdings», sagte mein Vater, «ist es in diesem Haus inzwischen ziemlich trübselig. Du gehst bestimmt bald wieder nach Amerika.»

«Vielleicht. Ich weiß noch nicht.»

«Ich habe keinen Zweifel, dass du es tun wirst.»

Einige Zeit lang schien mein Vater seine Handrücken zu betrachten. Dann sah er auf und seufzte.

«Kikuko wird ihr Studium im nächsten Frühjahr beenden», sagte er. «Vielleicht will sie dann nach Hause kommen. Sie ist ein braves Mädchen.»

«Vielleicht tut sie das.»

«Dann wird alles besser.»

«Ja, sicher.»

Wir schwiegen wieder und warteten, dass Kikuko den Tee bringen würde.

Penelope Lively
Clara's Day

When Clara Tilling was fifteen and a half she took off all her clothes one morning in school assembly. She walked naked through the lines of girls, past the headmistress at her lectern and the other staff ranged behind her, and out into the entrance lobby. She had left off her bra and pants already, so that all she had to do was unbutton her blouse, remove it and drop it to the floor, and then undo the zipper of her skirt and let that fall. She slipped her feet out of her shoes at the same time and so walked barefoot as well as naked. It all happened very quickly. One or two people giggled and a sort of rustling noise ran through the assembly hall, like a sudden wind among trees. The Head hesitated for a moment – she was reading out the tennis team list – and then went on again, firmly. Clara opened the big glass doors and let herself out.

The entrance lobby was empty. The floor was highly polished and she could see her own reflection, a foreshortened pink blur. There was a big bright modern painting on one wall and several comfortable chairs for waiting parents, arranged round an enormous rubber plant and ashtrays on chrome stalks. Clara had sat there herself once, with her mother, waiting for an interview with the Head.

She walked along the corridor to her form-room, which was also quite empty, with thick gold bars of sunlight falling on the desks and a peaceful feeling, as though no one had been here for a long time nor ever would come. Clara opened the cupboard in the corner, took out one of the science overalls and put it on, and then sat down at her desk. After about a minute Mrs Mayhew came in carrying her clothes and her shoes. She said, "I

Penelope Lively
Claras großer Tag

Als Clara Tilling fünfzehneinhalb war, zog sie eines Morgens bei der Schulversammlung alle Kleider aus. Sie ging nackt durch die Reihen der Mädchen, vorbei an der Frau Direktor auf ihrem Vortragspult und den anderen hinter ihr aufgereihten Lehrkräften, hinaus in die Eingangshalle. Büstenhalter und Höschen hatte sie ohnehin schon weggelassen, so brauchte sie nur die Bluse aufzuknöpfen, sie abzustreifen und zu Boden fallen zu lassen, dann den Reißverschluss ihres Rocks aufzuziehen und aus ihm herauszutreten. Gleichzeitig schlüpfte sie aus ihren Schuhen und ging nackt sowie barfuß. Alles das geschah sehr rasch. Ein, zwei Leute kicherten, und durch die Aula lief eine Art Rascheln wie ein plötzlicher Windstoß in den Bäumen. Die Frau Direktor zögerte sekundenlang – sie verlas gerade die Namen für das Tennisteam – und fuhr dann mit fester Stimme fort. Clara öffnete die großen Glastüren und ging hinaus.

Die Eingangshalle war leer. Der Boden war auf Hochglanz poliert, und sie konnte ihr Spiegelbild sehen, einen verkürzten rosa Fleck. An der einen Wand gab es ein leuchtendes, modernes Gemälde und für wartende Eltern mehrere bequeme Stühle im Kreis um einen riesigen Gummibaum, dazwischen auf Chromständer montierte Aschenbecher. Clara hatte selbst einmal mit ihrer Mutter dort gesessen und auf eine Unterredung mit der Direx gewartet.

Sie ging den Korridor entlang in ihre Klasse, die ebenfalls gänzlich leer war, mit dicken goldenen Sonnenbalken über den Bänken und einer so friedlichen Atmosphäre, als sei schon lange niemand mehr hier gewesen und als würde auch niemals mehr jemand kommen. Clara öffnete den Schrank in der Ecke, holte einen Kittel für den Naturkundeunterricht heraus, zog ihn über und setzte sich auf ihren Platz. Ungefähr eine Minute später kam Mrs. Mayhew mit ihren Kleidern und ihren Schuhen. «Ich würde

should put these on now, Clara," and stood beside her while she did so. "Would you like to go home?" she asked, and when Clara said that she wouldn't, thank you, Mrs Mayhew went on briskly. "Right you are, then, Clara. You'd better get on with some prep, then, till the first period."

All morning people kept coming up to her to say, "Well done!" or just to pat her on the back. She was a celebrity right up till dinner-time but after that it tailed off a bit. Half-way through the morning one of the prefects came in and told her the Head wanted to see her straight after school.

The Head's study was more like a sitting-room, except for the big paper-strewn desk that she sat behind. There were squashy chairs and nice pictures on the walls and photos of the Head's husband and her children on the mantelpiece and a Marks & Spencer carrier bag dumped down in one corner. The window was open on to the playing-fields from which came the cheerful incomprehensible noise, like birds singing, of people calling to each other. Except for the distant rumble of traffic you wouldn't think you were in London.

The Head was busy writing when Clara came in; she just looked up to say, "Hello, Clara. Sit down. Do you mind if I just finish these reports off? I won't be a minute." She went on writing and Clara sat and looked at the photo of her husband, who had square sensible-looking glasses and her three boys who were all the same but different sizes. Then the Head slapped the pile of reports together and pushed her chair back. "There... Well now... So what was all that about, this morning?"

"I don't know," said Clara.

The Head looked at her, thoughtfully, and Clara looked back. Just before the silence became really embarrassing the Head pushed a hand through her short untidy fair hair, making it even untidier, and

die jetzt anziehen, Clara», sagte sie und blieb neben ihr stehen, solange sie das tat. «Möchtest du gern heim gehen?» fragte sie, und Clara sagte nein danke. Mrs. Mayhew fuhr munter fort: «Also gut, Clara. Dann machst du jetzt am besten noch ein paar Hausaufgaben bis zur ersten Stunde.»

Den ganzen Vormittag über kamen Leute zu ihr und sagten: «Bravo!» oder klopften sie auf die Schulter. Sie war ein Star bis zum Mittagessen, aber dann ließ das Interesse etwas nach. Gegen Mittag kam eine der Klassensprecherinnen und sagte, sie solle gleich nach dem Unterricht zur Direx kommen.

Das Zimmer der Direx glich bis auf den riesigen Schreibtisch voller Papier, hinter dem sie saß, eher einem Wohnzimmer. Es gab weiche Sessel und schöne Bilder an den Wänden und auf dem Kaminsims Fotos vom Mann und den Kindern von der Direx und eine Einkaufstüte von *Marks & Spencer* in der einen Ecke. Das Fenster ging auf die Spielplätze hinaus, und von dort war ein fröhliches Stimmengewirr, ähnlich Vogelgesang, zu vernehmen. Bis auf das ferne Rumpeln des Verkehrs hätte man nicht geglaubt, in London zu sein.

Die Direx schrieb gerade, als Clara hereinkam, sie sah nur kurz auf, um zu sagen: «Hallo, Clara. Setz dich doch. Entschuldige, ich mach bloß diese Berichte fertig, es dauert keine Minute.» Sie schrieb weiter, und Clara setzte sich und schaute auf das Foto von ihrem Mann, der eine eckige nüchtern aussehende Brille aufhatte, und die Fotos ihrer drei Jungen, die sich alle glichen, nur verschieden groß waren. Dann klatschte die Direx den Stapel Berichte aufeinander und schob ihren Stuhl zurück. «So ... das wärs. Also... Um was ging es denn heute morgen?»

«Ich weiß es nicht», sagte Clara.

Die Direx sah sie nachdenklich an, und Clara erwiderte den Blick. Kurz bevor das Schweigen wirklich peinlich wurde, fuhr sich die Direx durch ihr verstrubbeltes kurzes blondes Haar, verstrubbelte es dadurch noch mehr und

said, "I daresay you don't. Were you trying to attract attention?"

Clara considered. "Well, I would, wouldn't I? Doing a thing like that. I mean – you'd be bound to."

The Head nodded. "Quite. Silly question."

"Oh no," said Clara hastily. "I meant you'd be bound to attract attention. Not be bound to be trying to."

The Head, a linguist, also considered. "Well... That's a fine point, I think. How do you feel about it now?"

Clara tried to examine her feelings, which slithered away like fish. In the end she said, "I don't really feel anything," which was, in a way, truthful.

The Head nodded again. She looked at her husband on the mantelpiece, almost as though asking for advice. "Everything all right at home?"

"Oh fine," Clara assured her. "Absolutely fine."

"Good," said the Head. "Of course... I was just thinking, there are quite a lot of people in Four B with separated parents, aren't there? Bryony and Susie Tallance and Rachel."

"And Midge," said Clara. "And Lucy Potter."

"Yes. Five. Six, with you."

"Twenty-five per cent," said Clara. "Just about."

"Quite. As a matter of fact that's the national average, did you know? One marriage in four."

"No, I didn't actually," said Clara.

"Well, it is, I'm afraid. Anyway..." She looked over at her husband again. "You're not fussing about O-levels, are you?"

"Not really," said Clara. "I mean, I don't *like* exams, but I don't mind as much as some people."

"Your mocks were fine," said the Head "Physics and chemistry could have been a bit better. But
there shouldn't be any great problems there. So... 110
Are you still going around with Liz Raymond?" 111

sagte: «Nein, das weißt du sicher nicht. Hast du auf dich aufmerksam machen wollen?»

Clara überlegte. «Das habe ich wohl, oder? Sicher doch, wenn man so was macht…»

Die Direx nickte. «Richtig. Dumme Frage.»

«O nein», sagte Clara hastig. «Ich hab gemeint, damit fällt man doch auf. Nicht damit, dass man es versucht.»

Die Direx, sehr hellhörig für Sprache, überlegte nun auch. «Gut ausgedrückt, finde ich. Und wie denkst du jetzt darüber?»

Clara bemühte sich, ihre Gefühle zu erforschen, die ihr wegrutschten wie Fische. Schließlich sagte sie: «Eigentlich denke ich gar nichts», und das war in gewisser Hinsicht völlig aufrichtig.

Die Direx nickte wieder. Sie blickte zu ihrem Mann auf dem Kaminsims hinüber, fast als fragte sie ihn um Rat. «Ist zu Hause alles in Ordnung?»

«Oh, super», versicherte ihr Clara. «Echt super.»

«Gut», sagte die Direx. «Natürlich. Ich hab nur gerade gedacht, dass in der 4 B eine Menge Schülerinnen sind, deren Eltern sich getrennt haben, nicht wahr? Bryony und Susie Tallance und Rachel.»

«Und Midge», sagte Clara. «Und Lucy Potter.»

«Ja, fünf. Mit dir sechs.»

«Fünfundzwanzig Prozent», sagte Clara. «So ungefähr.»

«Genau. Übrigens ist das der nationale Durchschnitt, wusstest du das? Eine Ehe von vieren.»

«Nein, wusste ich eigentlich nicht», sagte Clara.

«Ja, so ist es leider. Na jedenfalls…» Sie blickte wieder zu ihrem Ehemann hinüber. «Du machst dir doch keine Sorgen wegen der Noten, oder?»

«Nicht sehr», sagte Clara. «Ich meine, ich hab die Prüfungen nicht gern, aber sie machen mir nicht so viel aus wie anderen.»

«Deine Zwischennoten waren gut», sagte die Direx. «In Physik und Chemie hätten sie ein bisschen besser sein können, aber das wäre kein großes Problem. Also… Gehst du noch immer mit Liz Raymond?»

"Mostly," said Clara. "And Stephanie."

"I want people to come and talk to me if there's anything they're worried about," said the Head. "Even things that may seem silly. You know. It doesn't have to be large obvious things. Exams and stuff. Anything."

"Yes," said Clara.

The phone rang. The Head picked it up and said no, she hadn't, and yes, she'd be along as soon as she could and tell them to wait. She put the receiver down and said, "It wasn't like you, Clara, was it? I mean – there are a few people one wouldn't be *all* that surprised, if they suddenly did something idiotic or unexpected. But you aren't really like that, are you?"

Clara agreed that she wasn't, really.

"I'll be writing a note to your mother. And if you have an urge to do something like that again come and have a talk to me first, right?" The Head smiled and Clara smiled back. That was all, evidently. Clara got up and left. As she was closing the door she saw the Head looking after her, not smiling now, her expression rather bleak.

Most of the school had gone home but all those in Clara's form who had boyfriends at St Benet's, which was practically everyone, were hanging around the bus station deliberately not catching buses because St Benet's came out half an hour later. Clara hung around for a bit too, just to be sociable, and then got on her bus. She sat on the top deck by herself and looked down on to the pavements. It was very hot; everyone young had bare legs, road-menders were stripped to the waist, everywhere there was flesh – brown backs and white knees and glimpses of the hair under people's arms and the clefts between breasts and buttocks. In the park, the grass was strewn with sunbathers; there were girls in bikinis sprawled like starfish face down with a rag of material between their legs and the strings

«Meistens», sagte Clara. «Und mit Stephanie.»
«Ich hätte gern, dass man zu mir kommt und es mit mir bespricht, wenn man sich irgendwelche Sorgen macht», sagte die Direx. «Auch bei Sachen, die einem ganz blöd vorkommen. Du weißt schon. Es brauchen keine großartigen, augenfälligen Dinge zu sein, Prüfungen und so was. Nein, *alles.*»
«Ja», sagte Clara.
Das Telefon klingelte. Die Direx nahm den Hörer ab und sagte nein, hätte sie nicht, und ja, sie käme, sobald sie könnte, und sie sollten bitte warten. Sie hängte ein und sagte: «Es sah dir so gar nicht ähnlich, Clara, nicht wahr? Ich meine, es gibt einige, bei denen wäre man überhaupt nicht erstaunt, wenn sie plötzlich etwas Idiotisches oder Unerwartetes täten. Aber so bist du doch nicht, oder?»
Clara bestätigte, dass sie eigentlich nicht so sei.
«Ich schreibe deiner Mutter. Und wenn es dich wieder überkommt, so etwas zu tun, komm erst zu mir, und wir reden darüber, ja?» Die Direx lächelte, und Clara erwiderte das Lächeln. Das war offensichtlich alles. Clara stand auf und ging. Als sie die Tür schloss, sah sie, dass die Direx ihr nachblickte. Jetzt lächelte sie nicht, und ihre Miene war ziemlich düster.
Die meisten Schülerinnen waren heimgegangen, aber alle in Claras Klasse, die Boyfriends in St. Benets hatten, und das waren praktisch alle, lungerten noch an der Bushaltestelle herum und verpassten absichtlich Busse, weil St. Benets erst eine halbe Stunde später aus hatte. Clara leistete ihnen eine Zeitlang Gesellschaft und bestieg dann ihren Bus. Sie setzte sich ganz allein aufs Oberdeck und schaute auf die Gehsteige hinunter. Es war sehr heiß: Wer jung war, hatte nackte Beine, die Straßenarbeiter waren bis zur Taille nackt, überall war Fleisch: braune Rücken und weiße Knie und flüchtige Einblicke in behaarte Achselhöhlen und Spalten zwischen Brüsten und Gesäßbacken. Im Park war der Rasen voll von Sonnenbadenden. Es gab Mädchen im Bikini, die wie Seesterne gespreizt mit dem Gesicht nach unten dalagen, einen Lappen Stoff zwischen den Beinen und die Träger des Oberteils halb heruntergestreift. Clara, die weder

of the top half undone. Clara, with no bra or pants on, could feel warm air washing around between her skin and her clothes. Coming down the stairs as the bus approached her stop she had to hold her skirt in case it blew up.

Her mother was already home. She worked part-time as a dentist's receptionist and had what were called flexible hours, which meant more or less that she worked when it suited her. Afternoons, nowadays, often didn't suit because Stan, her friend, who was an actor, was only free in the afternoons.

Stan wasn't there today, though. Clara came into the kitchen where her mother was drinking tea and looking at a magazine. "Hi" she said. "Any news?" which was what she said most days. Clara said that there was no news and her mother went on reading an article in the magazine called, Clara could see upside down across the table, "Orgasm – Fact or Fantasy?" Presently she yawned, pushed the magazine over to Clara and went upstairs to have a bath. Clara had another cup of tea and leafed through the magazine, which was mostly advertisements for tampons and deodorants, and then began to do her prep.

The Head's letter came a couple of days later. Clara heard the post flop on to the doormat and when she looked over the banister she knew at once what the typed envelope must be. At the same moment Stan, who had stayed the night, came out of her mother's room on his way to the bathroom. He wore underpants and had a towel slung round his neck like a football scarf, and was humming to himself. When he saw her he said, "Wotcha! How's tricks, then?" and Clara pulled her dressing-gown more closely round her and said, "Fine, thanks."

"That's the stuff," said Stan vaguely. "Hey – I got you a couple of tickets for the show. Bring a friend, O.K.?" He was a stocky muscular man with a lot of black hair on his chest. The smell of him, across the

Büstenhalter noch Höschen trug, fühlte die warme Luft zwischen Haut und Kleidern zirkulieren. Als sie bei Annäherung an die Bushaltestelle die Treppe herunterkam, musste sie ihren Rock festhalten, damit er nicht hochgeblasen würde.

Ihre Mutter war schon zu Hause. Sie arbeitete halbtags als Sprechstundenhilfe eines Zahnarztes und hatte eine sogenannte gleitende Arbeitszeit, was bedeutete, dass sie mehr oder weniger arbeitete, wann es ihr passte. Nachmittags passte es ihr neuerdings oft nicht, weil Stan, ihr Freund, der Schauspieler war, nur nachmittags frei war.

Stan war jedoch nicht da. Clara kam in die Küche, wo ihre Mutter Tee trank und eine Zeitschrift las. «Hei!» sagte sie. «Was Neues?» Das sagte sie meistens. Clara sagte, es gäbe nichts Neues, und ihre Mutter las weiter den Artikel in der Zeitschrift, der – wie Clara über den Tisch hinweg verkehrt herum entziffern konnte – «Orgasmus. Wunsch und Wirklichkeit» hieß. Schließlich gähnte sie, schob die Zeitschrift zu Clara hinüber und ging nach oben, um ein Bad zu nehmen. Clara goss sich noch eine Tasse Tee ein und blätterte in der Zeitschrift, die hauptsächlich aus Reklamen für Tampons und Deodorants bestand, und fing dann mit ihren Hausaufgaben an.

Der Brief von der Direx kam ein paar Tage später. Clara hörte die Post auf den Fußabstreifer klatschen, und als sie übers Geländer schaute, wusste sie sofort, was in dem getippten Umschlag sein musste. Im selben Augenblick kam Stan, der über Nacht geblieben war, aus dem Zimmer ihrer Mutter auf dem Weg ins Bad. Er trug Unterhosen und ein Handtuch um den Hals geschlungen wie einen Fußballschal und summte vor sich hin. Als er sie sah, sagte er: «Hallöchen, wie läufts denn so?» Und Clara zog ihren Bademantel enger um sich und sagte: «Gut, danke.»

«Das ist recht», sagte Stan unbestimmt. «Du, ich hab dir ein paar Billetts für die Show gebracht. Nimm eine Freundin mit, okay?» Er war untersetzt, ein muskulöser Mann mit einer Menge schwarzer Haare auf der Brust.

landing, was powerful – a huge inescapable wave of man smell: sweat and aftershave and something you could not put your finger on. Clara always knew when he was in the house before she opened the sitting-room door because whiffs of him gushed about the place. She said, "Thanks very much. That would be super," and edged into her room.

When she came down they were both having breakfast. Her mother was just opening the post. She said, "Coffee on the stove, lovey. Oh goody – my tax rebate's come." She opened the Head's letter and began to read. First she stared at it with a puzzled look and then she began to laugh. She clapped her hand over her mouth, spluttering. "I don't believe it!" she cried. "Clara, I simply do not *believe* it! Stan, just listen to this... Isn't she the most incredible girl! Guess what she did! She took off all her clothes in school assembly and walked out starkers!" She handed the letter to Stan and went on laughing.

Stan read the letter. Grinning hugely, he looked up at Clara. "She'll have done it for a dare, I bet. Good on yer, Clara. Terrific! God – I wish I'd been there!" He patted Clara's arm and Clara froze. She went completely rigid, as though she had turned to cement, and when eventually she moved a leg it seemed as though it should make a cracking noise.

Her mother had stopped laughing and was talking again. "...the last thing anyone would have expected of you, lovey. You've always been such a prude. Ever since you were a toddler. Talk about modest! Honestly, Stan, she was hilarious, as a little kid – I can see her now, sitting on the beach at Camber clutching a towel around her in case anyone got a glimpse of her bum when she was changing. Aged ten. And when her bust grew she used to sit
hunched over like a spoon so no one would notice it, 116
and if she had to strip off for the doctor you'd have 117

Sein Geruch drang mächtig über den ganzen Treppenabsatz, eine gewaltsame, unentrinnbare Woge männlichen Geruchs: Schweiß und Rasierwasser und noch etwas, was man nicht deuten konnte. Clara wusste immer, wenn er im Hause war, noch ehe sie die Tür zum Wohnzimmer öffnete, weil Duftwolken von ihm im ganzen Haus herumzogen. Sie sagte: «Vielen Dank, das wäre fabelhaft» und drückte sich in ihr Zimmer.

Als sie herunterkam, waren beide beim Frühstück. ihre Mutter öffnete eben die Post. Sie sagte: «Kaffee steht auf dem Herd, Schätzchen. Uh, prima, meine Steuerrückzahlung ist gekommen.» Sie öffnete den Brief von der Direx und fing an zu lesen. Erst starrte sie verwirrt darauf, dann fing sie an zu lachen. Sie hielt sich die Hand vor den Mund und prustete. «Ich glaubs nicht!» schrie sie. «Clara, ich glaubs einfach nicht. Stan, hör dir das an... Ist das Mädel nicht unglaublich! Rat mal, was sie gemacht hat! Hat bei der Schulversammlung sämtliche Kleider ausgezogen und ist splitterfasernackt weggegangen.» Sie reichte Stan den Brief und lachte weiter.

Stan las den Brief, grinste breit und blickte zu Clara auf. «Wetten, dass man sie dazu provoziert hat? Gut gemacht, Clara. Phantastisch. Mein Gott, ich wollt, ich wäre dabeigewesen.» Er tätschelte Claras Arm, und Clara erstarrte. Sie wurde vollkommen steif, als sei sie in Beton verwandelt, und als sie schließlich ein Bein bewegte, schien es, als müsse das ein knackendes Geräusch geben.

Ihre Mutter hatte aufgehört zu lachen und redete wieder. «...das letzte, was man von dir erwartet hätte, Schätzchen. Du warst immer so prüde. Schon als du ganz klein warst. Schamhaft ist gar kein Ausdruck. Ehrlich, Stan, sie war zum Piepen als kleiner Stöpsel, ich seh sie noch, wie sie in Camber am Strand sitzt und ein Handtuch an sich presst, damit niemand ihren Po sieht, während sie sich umzieht. Zehn war sie damals. Und als ihr ein Busen wuchs, saß sie immer vornübergebeugt wie ein Löffel, damit es ja keiner merkt, und wenn sie sich beim Arzt ausziehen sollte, hätte man meinen können, er wär drauf und dran, sie zu vergewaltigen,

thought he'd been about to rape her, from her expression. Even now I can't get her out of that Victorian one-piece school regulation bathing costume – and it's not as though she's not got a nice shape..." – "Smashing!" said Stan, slurping coffee – "...spot of puppy fat still but that's going, good hips, my legs if I may say so. Which is what makes this such an absolute scream. Honestly, sweetie, I wouldn't have thought you had it in you. I mean, I've not been allowed to see her in the buff myself since she was twelve. Honestly, I've wondered once or twice if there was something *wrong* with the girl." Her mother beamed across the breakfast table. "Anyway, old Mrs Whatsit doesn't seem to be making a fuss. She just thinks I ought to know. More coffee, anyone? God – look at the time! And I said I'd be in early today... I'm off. Leave the breakfast things, lovey – we'll do them later. Coming, Stan?"

Clara went on sitting at the table. She ate a piece of toast and drank her coffee. Her mother and Stan bustled about collecting her purse and his jacket and banged out of the house, shouting goodbye. The front gate clicked, the car door slammed, and then Clara began to cry, the tears dripping from her chin on to her folded arms and her face screwed up like a small child's.

so ein Gesicht machte sie. Selbst heute noch krieg ich sie nicht aus dem einteiligen viktorianischen Badeanzug, den die Schule vorschreibt… und es ist ja nicht so, als ob sie keine gute Figur hätte… » – «Toll», sagte Stan und schlürfte Kaffee. «…ein bisschen Babyspeck noch, aber das vergeht, gute Hüften und meine Beine, wenn ich so sagen darf. Deswegen ist das ja so ein irrer Witz. Ehrlich, Schätzchen, ich hätt nicht gedacht, dass du so was fertigbringst. Ich meine, ich habe sie, seit sie zwölf ist, nicht mehr im Evaskostüm sehen dürfen. Ehrlich, manchmal habe ich schon gedacht, mit dem Mädel stimmt was nicht.» Ihre Mutter strahlte sie über den Frühstückstisch an. «Na, jedenfalls macht die alte Mrs. Soundso scheinbar keine große Sache draus. Sie meint nur, ich sollte es wissen. Noch jemand Kaffee? Mein Gott, schau nur, wie spät es ist. Und ich hab noch gesagt, ich käme heute früher… Ich bin schon weg. Lass das Frühstücksgeschirr stehen, Liebchen, wir machen es später zusammen. Kommst du, Stan?»

Clara blieb am Tisch sitzen. Sie aß ein Stück Toast und trank ihren Kaffee. Ihre Mutter und Stan rannten geschäftig herum, suchten ihre Handtasche und sein Jackett, riefen auf Wiedersehen und verließen lärmend das Haus. Die Haustür schlug zu, die Wagentür schlug zu, und dann begann Clara zu weinen. Die Tränen tropften von ihrem Kinn auf ihre verschränkten Arme, und ihr Gesicht verzog sich wie bei einem kleinen Kind.

Salman Rushdie

Good Advice is Rarer than Rubies

On the last Tuesday of the month, the dawn bus, its headlamps still shining, brought Miss Rehana, to the gates of the British Consulate. It arrived pushing a cloud of dust, veiling her beauty from the eyes of strangers until she descended. The bus was brightly painted in multicoloured arabesques, and on the front it said "MOVE OVER DARLING" in green and gold letters; on the back it added "TATA-BATA" and also "O.K. GOOD-LIFE". Miss Rehana told the driver it was a beautiful bus, and he jumped down and held the door open for her, bowing theatrically as she descended.

Miss Rehana's eyes were large and black and bright enough not to need the help of antimony, and when the advice expert Muhammad Ali saw them he felt himself becoming young again. He watched her approaching the Consulate gates as the light strengthened, and asking the bearded lala who guarded them in a gold-buttoned khaki uniform with a cockaded turban when they would open. The lala, usually so rude to the Consulate's Tuesday women, answered Miss Rehana with something like courtesy.

"Half an hour," he said gruffly. "Maybe two hours. Who knows? The sahibs are eating their breakfast."

The dusty compound between the bus stop and the Consulate was already full of Tuesday women, some veiled, a few barefaced like Miss Rehana. They all looked frightened, and leaned heavily on the arms of uncles or brothers, who were trying to look confident. But Miss Rehana had come on her own, and did not seem at all alarmed.

Salman Rushdie
Guter Rat ist kostbarer als Rubine

Am letzten Dienstag des Monats brachte der Frühbus, die Scheinwerfer noch aufgeblendet, Miss Rehana vor das Tor des Britischen Konsulats. Er bremste in einer Staubwolke, die ihre Schönheit vor den Augen der Fremden verhüllte, bis sie ausstieg. Der Bus war grell mit bunten Arabesken bemalt. Auf der Stirnseite stand in grünen und goldenen Lettern PLATZ DA, SCHÄTZCHEN! Auf dem Heck stand TATA-BATA und außerdem O.K. ALLES GUTE! Miss Rehana sagte dem Fahrer, es sei ein wunderschöner Bus, woraufhin er hinaussprang, ihr die Tür aufhielt und sich, als sie ausstieg, übertrieben tief vor ihr verbeugte.

Miss Rehanas Augen waren groß und schwarz und so glänzend, dass sie der Hilfe von Antimon nicht bedurften, und als der Beratungsexperte Muhammad Ali diese Augen sah, hatte er das Gefühl, selbst wieder jung zu werden. Er beobachtete, wie sie sich, während das Tageslicht zunahm, dem Konsulatstor näherte und sich an den bärtigen *lala* in seiner Khaki-Uniform mit den Goldknöpfen und der Kokarde am Turban wandte, um ihn zu fragen, wann das Tor geöffnet werde. Der *lala,* sonst immer so schroff zu den Dienstagsfrauen des Konsulats, antwortete Miss Rehana so, dass es schon fast an Höflichkeit grenzte.

«In einer halben Stunde», erklärte er mürrisch, «vielleicht in zwei Stunden. Wer weiß? Die Sahibs sitzen beim Frühstück.»

Der staubige Platz zwischen der Bushaltestelle und dem Konsulat wimmelte bereits von Dienstagsfrauen, manche von ihnen tief verschleiert, nur wenige mit völlig unverhülltem Gesicht wie Miss Rehana. Sie alle wirkten ängstlich und stützten sich schwer auf den Arm eines Onkels oder Bruders, der sich jeweils große Mühe gab, selbstsicher dreinzublicken. Miss Rehana dagegen war allein gekommen und schien überhaupt keine Angst zu haben.

Muhammad Ali, who specialised in advising the most vulnerable-looking of these weekly supplicants, found his feet leading him towards the strange, big-eyed, independent girl.

"Miss," he began. "You have come for permit to London, I think so?"

She was standing at a hot-snack stall, in the little shanty-town by the edge of the compound, munching chilli-pakoras contentedly. She turned to look at him, and at close range those eyes did bad things to his digestive tract.

"Yes, I have."

"Then, please, you allow me to give some advice? Small cost only."

Miss Rehana smiled. "Good advice is rarer than rubies," she said. "But alas, I cannot pay. I am an orphan, not one of your wealthy ladies."

"Trust my grey hairs," Muhammad Ali urged her. "My advice is well tempered by experience. You will certainly find it good."

She shook her head. "I tell you I am a poor potato. There are women here with male family members, all earning good wages. Go to them. Good advice should find good money."

I am going crazy, Muhammad Ali thought, because he heard his voice telling her of its own volition, "Miss, I have been drawn to you by Fate. What to do? Our meeting was written. I also am a poor man only, but for you my advice comes free."

She smiled again. "Then I must surely listen. When Fate sends a gift, one receives good fortune."

He led her to the low wooden desk in his own special corner of the shanty-town. She followed, continuing to eat pakoras from a little newspaper packet. She did not offer him any.

Muhammad Ali, der sich darauf spezialisiert hatte, die am unsichersten wirkenden der allwöchentlich erscheinenden Ratsuchenden anzusprechen, merkte plötzlich, dass seine Füße ihn unwillkürlich zu dieser seltsamen, großäugigen und selbstbewussten jungen Frau hinüber trugen.

«Miss», begann er, «Sie kommen wegen Permit nach London, glaube ich?»

Sie war zu der kleinen Shanty Town, einer Ansammlung von baufälligen Holzhütten am Rande des Platzes, gegangen und kaute vor einem Imbissstand zufrieden Chili-*pakoras*. Als sie sich umwandte und ihn ansah, spielten ihre Augen so aus der Nähe seinem Verdauungstrakt übel mit.

«Das ist richtig.»

«Erlauben Sie mir dann bitte, Ihnen einen guten Rat zu geben? Kostet nur wenig.»

Miss Rehana lächelte. «Guter Rat ist kostbarer als Rubine», gab sie zurück. «Aber bezahlen kann ich leider nichts. Ich bin eine Waise und gehöre nicht zu den reichen Damen, die Sie gewohnt sind.»

«Vertrauen Sie meinen grauen Haaren!» Muhammad Ali ließ nicht locker. «Meine Ratschläge beruhen auf reicher Erfahrung. Sie werden sie sicher gut finden.»

Sie schüttelte den Kopf. «Ich sage Ihnen doch, ich bin ein sehr armes Ding. Hier sind Frauen mit männlichen Verwandten, die alle gut verdienen. Gehen Sie zu denen! Guter Rat sollte gutes Geld wert sein.»

Ich bin verrückt, dachte Muhammad Ali, denn er hörte seine Stimme völlig eigenmächtig sagen: «Miss, das Schicksal hat Sie zu mir geschickt. Was soll ich machen? Es war uns vorbestimmt, uns hier zu treffen. Ich bin auch nur ein armer Mann, Ihnen aber gebe ich meine Ratschläge gratis.»

Wieder lächelte sie. «Dann sollte ich sie mir anhören. Wem das Schicksal etwas schenkt, der erhält stets etwas Gutes.»

Er geleitete sie zu dem niedrigen Holzschreibtisch in seiner Ecke der Shanty Town. Im Gehen aß sie weiter *pakoras* aus der kleinen Zeitungspapiertüte. Ihm bot sie keine davon an.

Muhammad Ali put a cushion on the dusty ground. "Please to sit." She did as he asked. He sat cross-legged across the desk from her, conscious that two or three dozen pairs of male eyes were watching him enviously, that all the other shanty-town men were ogling the latest young lovely to be charmed by the old grey-hair fraud. He took a deep breath to settle himself.

"Name, please."

"Miss Rehana," she told him. "Fiancée of Mustafa Dar of Bradford, London."

"Bradford, England," he corrected her gently. "London is a town only, like Multan or Bahawalpur. England is a great nation full of the coldest fish in the world."

"I see. Thank you," she responded gravely, so that he was unsure if she was making fun of him.

"You have filled application form? Then let me see, please."

She passed him a neatly folded document in a brown envelope.

"Is it OK?" For the first time there was a note of anxiety in her voice.

He patted the desk quite near the place where her hand rested. "I am certain," he said. "Wait on and I will check."

She finished the pakoras while he scanned her papers.

"Tip-top," he pronounced at length. "All in order."

"Thank you for your advice," she said, making as if to rise. "I'll go now and wait by the gate."

"What are you thinking?" he cried loudly, smiting his forehead. "You consider this is easy business? Just give the form and poof, with a big smile they hand over the permit? Miss Rehana, I tell you, you are entering a worse place than any police station."

Muhammad Ali legte ein Kissen auf den staubigen Boden. «Bitte, Platz nehmen!» Dem kam sie nach. Während er sich mit untergeschlagenen Beinen hinter dem Schreibtisch niederließ, war ihm klar, dass zwei bis drei Dutzend männliche Augenpaare ihn neidisch beobachteten, dass sämtliche Männer hier die junge Schönheit begutachteten, die sich von diesem alten, grauhaarigen Gauner reinlegen ließ. Um sich zu beruhigen, atmete er tief durch.

«Den Namen, bitte!»

«Miss Rehana», antwortete sie. «Verlobt mit Mustafa Dar aus Bradford, London.»

«Bradford, England», korrigierte er sie freundlich. «London ist nur eine Stadt wie Multan oder Bahawalpur. England ist ein großes Land, bewohnt von den kältesten Fischen der ganzen Welt.»

«Ach so. Ich danke Ihnen», gab sie so ernst zurück, dass er nicht sicher war, ob sie sich nicht über ihn lustig machte.

«Haben Sie den Antrag ausgefüllt? Dann möchte ich ihn bitte sehen.»

Sie reichte ihm einen braunen Umschlag mit einem sorgsam gefalteten Dokument.

«Ist das okay?» Zum erstenmal lag eine Andeutung von Besorgnis in ihrem Ton.

Er klopfte auf den Tisch, ganz nah dort, wo ihre Hand lag. «Ganz sicher», sagte er. «Warten Sie, ich will nachsehen.»

Sie aß die letzten *pakoras,* während er ihre Papiere prüfte.

«Tipptopp», verkündete er schließlich, «Alles in Ordnung.»

«Ich danke Ihnen für Ihre Beratung», sagte sie und machte Anstalten, sich zu erheben. «Ich werde jetzt zum Tor gehen und dort warten.»

«Aber wie stellen Sie sich das vor?» rief er laut und schlug sich vor die Stirn. «Glauben Sie, das ist so einfach? Sie geben Ihren Antrag einfach ab, und – husch – schon überreichen die Ihnen mit freundlichem Lächeln die Einreisegenehmigung? Oh, Miss Rehana, ich sage Ihnen, Sie begeben sich an einen Ort, der schlimmer ist als jedes Polizeirevier.»

"Is it so, truly?" His oratory had done the trick. She was a captive audience now, and he would be able to look at her for a few moments longer.

Drawing another calming breath, he launched into his set speech. He told her that the sahibs thought that all the women who came on Tuesdays, claiming to be dependents of bus drivers in Luton or chartered accountants in Manchester, were crooks and liars and cheats.

She protested, "But then I will simply tell them that I, for one, am no such thing!"

Her innocence made him shiver with fear for her. She was a sparrow, he told her, and they were men with hooded eyes, like hawks. He explained that they would ask her questions, personal questions, questions such as a lady's own brother would be too shy to ask. They would ask if she was virgin, and, if not, what her fiancé's love-making habits were, and what secret nicknames they had invented for one another.

Muhammad Ali spoke brutally, on purpose, to lessen the shock she would feel when it, or something like it, actually happened. Her eyes remained steady, but her hands began to flutter at the edges of the desk.

He went on:

"They will ask you how many rooms are in your family home, and what colour are the walls, and what days do you empty the rubbish. They will ask your man's mother's third cousin's aunt's stepdaughter's middle name. And all these things they have already asked your Mustafa Dar in his Bradford. And if you make one mistake, you are finished."

"Yes," she said, and he could hear her disciplining her voice. "And what is your advice, old man?"

«Tatsächlich?» Seine Beredsamkeit schien zu wirken. Jetzt hatte er eine aufmerksame Zuhörerin gefunden, und er konnte sie noch einige Minuten länger bewundern.

Nach einem zweiten tiefen, beruhigenden Atemzug ließ er seine Standardrede vom Stapel und erklärte ihr, die Sahibs hielten sämtliche Frauen, die an den Dienstagen hier auftauchten und behaupteten, Angehörige von Busfahrern in Luton oder vereidigten Buchprüfern in Manchester zu sein, für Lügnerinnen, Schwindlerinnen und Betrügerinnen.

«Aber dann werde ich ihnen einfach sagen, dass ich eine Ausnahme bin, dass ich nicht so bin», protestierte sie.

Ihre Naivität ließ ihn vor Angst um sie erschauern. Ein Spatz sei sie, erklärte er ihr, die da drinnen aber seien Männer mit verhangenen Augen, wie Falken. Man würde ihr Fragen stellen, verriet er ihr, persönliche Fragen – Fragen, die sogar der eigene Bruder einer Lady nicht zu stellen wage. Ob sie noch Jungfrau sei, würden sie fragen, und falls nicht, welche Gewohnheiten ihr Verlobter bei der Liebe habe und welche geheimen Kosenamen sie füreinander erfunden hätten.

Muhammad Ali drückte sich bewusst brutal aus, damit der Schock, den sie bekommen würde, wenn es tatsächlich dazu oder zu ähnlichem kam, sie nicht so hart traf. Ihr Blick blieb gelassen, doch ihre Hände auf der Schreibtischkante begannen zu zittern.

Er fuhr fort:

«Man wird Sie fragen, wie viele Zimmer es im Haus Ihrer Familie gibt, welche Farbe die Wände haben und an welchen Tagen Sie den Müll ausleeren. Man wird Sie nach dem zweiten Vornamen der Stieftochter der dritten Cousine der Mutter Ihres Mannes fragen. Und all diese Fragen wurden bereits Ihrem Mustafa Dar in seinem Bradford gestellt. Und wenn Sie nur einen einzigen Fehler machen, sind Sie erledigt.»

«Ja», sagte sie, und er hörte genau, wie sie sich bemühte, ihrer Stimme einen festen Klang zu geben. «Und wie lautet Ihr Rat, guter Mann?»

It was at this point that Muhammad Ali usually began to whisper urgently, to mention that he knew a man, a very good type, who worked in the Consulate, and through him, for a fee, the necessary papers could be delivered, with all the proper authenticating seals. Business was good, because the women would often pay him five hundred rupees or give him a gold bracelet for his pains, and go away happy.

They came from hundreds of miles away – he normally made sure of this before beginning to trick them – so even when they discovered they had been swindled they were unlikely to return. They went away to Sargodha or Lalukhet and began to pack, and who knows at what point they found out they had been gulled, but it was at a too-late point, anyway.

Life is hard, and an old man must live by his wits. It was not up to Muhammad Ali to have compassion for these Tuesday women.

But once again his voice betrayed him, and instead of starting his customary speech it began to reveal to her his greatest secret.

"Miss Rehana," his voice said and he listened to it in amazement, "you are a rare person, a jewel, and for you I will do what I would not do for my own daughter, perhaps. One document has come to my possession that can solve all your worries at one stroke."

"And what is this sorcerer's paper?" she asked, her eyes unquestionably laughing at him now.

His voice fell low-as-low.

"Miss Rehana, it is a British passport. Completely genuine and pukka goods. I have a good friend who will put your name and photo, and then, hey-presto, England there you come!"

An dieser Stelle begann Muhammad Ali sonst eindringlich zu flüstern und seiner Klientin zu erklären, er kenne da einen Mann, einen sehr netten Menschen, der im Konsulat arbeite, und über den könne er – für einen bestimmten Betrag – die nötigen Papiere mit allen nötigen Stempeln und Siegeln besorgen. Das war ein wahrhaft gutes Geschäft, denn die Frauen bezahlten nicht selten fünfhundert Rupien oder gaben ihm ein goldenes Armband für seine Bemühungen und gingen hochzufrieden davon.

Da sie aus Ortschaften kamen, die Hunderte von Meilen entfernt lagen – dessen versicherte er sich gewöhnlich, bevor er sich daranmachte, sie reinzulegen –, war es unwahrscheinlich, dass sie ihn abermals aufsuchten, wenn sie den Betrug entdeckten. Sie fuhren nach Sargodha oder Lalukhet zurück und fingen an zu packen, und ganz gleich, zu welchem Zeitpunkt sie darauf kamen, dass er sie geprellt hatte – es war in jedem Fall zu spät.

Das Leben ist schwer, und von irgend etwas muss ein alter Mann leben. Warum sollte Muhammad Ali Mitleid mit diesen Dienstagsfrauen haben?

Aber wieder spielte ihm seine Stimme einen Streich, so dass er Miss Rehana, statt mit der gewohnten Belehrung zu beginnen, sein bestgehütetes Geheimnis verriet.

«Miss Rehana», sagte seine Stimme, der er verwundert lauschte, «Sie sind ein Mensch, wie man ihn selten findet, ein Juwel, und ich werde für Sie tun, was ich vielleicht nicht mal für meine eigene Tochter tun würde. Ich bin an ein Dokument gelangt, das all Ihre Probleme auf einen Schlag lösen kann.»

«Und was ist das für ein wundertätiges Papier?» fragte sie, während ihre Augen ihn jetzt ganz unverkennbar anlachten.

Seine Stimme wurde ganz, ganz leise:

«Ein britischer Pass, Miss Rehana. Absolut echt und über jeden Verdacht erhaben. Ich habe einen guten Freund, der Ihren Namen und ein Foto von Ihnen da hineinpraktiziert, und dann, in Null Komma nichts – England, ich komme!»

He had said it!

Anything was possible now, on this day of his insanity. Probably he would give her the thing freegratis, and then kick himself for a year afterwards.

Old fool, he berated himself. *The oldest fools are bewitched by the youngest girls.*

"Let me understand you," she was saying. "You are proposing I should commit a crime…"

"Not crime," he interposed. "Facilitation."

"…and go to Bradford, London, illegally, and therefore justify the low opinion the Consulate sahibs have of us all. Old babuji, this is not good advice."

"Bradford, *England,*" he corrected her mournfully. "You should not take my gift in such a spirit."

"Then how?"

"Bibi, I am a poor fellow, and I have offered this prize because you are so beautiful. Do not spit on my generosity. Take the thing. Or else don't take, go home, forget England, only do not go into that building and lose your dignity."

But she was on her feet, turning away from him, walking towards the gates, where the women had begun to cluster and the lala was swearing at them to be patient or none of them would be admitted at all.

"So be a fool," Muhammad Ali shouted after her. "What goes of my father's if you are?" (Meaning, what was it to him.)

She did not turn.

"It is the curse of our people," he yelled. "We are poor, we are ignorant, and we completely re-
fuse to learn." 130
"Hey, Muhammad Ali," the woman at the 131

Er hatte es gesagt!

Heute, an diesem Tag des Wahnsinns, war alles möglich. Vermutlich würde er ihr das Ding gratis und franko geben und sich dafür dann ein Jahr lang selbst in den Hintern treten.

Du alter Narr! schalt er sich. Die ältesten Narren lassen sich von den jüngsten Mädchen betören.

«Dass ich Sie recht verstehe», sagte sie zu ihm. «Sie schlagen mir vor, eine Straftat zu begehen ...»

«Keine Straftat», fiel er ihr ins Wort. «Nur einen leichteren Weg.»

«... illegal nach Bradford, London, zu reisen und damit die schlechte Meinung zu bestätigen, die diese Konsulats-Sahibs von uns allen haben. Alter *babuji,* das ist wahrhaftig kein guter Rat!»

«Bradford, England», korrigierte er sie traurig. «So sollten Sie mein Geschenk nicht sehen.»

«Wie denn dann?»

«Ich bin ein armer Mann, *bibi,* und habe Ihnen dieses Angebot gemacht, weil Sie so wunderschön sind. Spucken Sie nicht auf meine Großzügigkeit. Nehmen Sie das Papier! Oder nehmen Sie es nicht, fahren Sie nach Hause und vergessen Sie England! Nur: Gehen Sie nicht in dieses Haus da, wo Sie bloß Ihre Würde verlieren!»

Aber sie war schon aufgesprungen, wandte sich von ihm ab und marschierte auf das Tor zu, wo sich die Frauen inzwischen versammelt hatten und der *lala* ihnen barsch befahl, sich zu gedulden, weil sonst keine von ihnen eingelassen werde.

«Dann machen Sie sich eben zum Narren!» rief Muhammad Ali ihr nach. «Was kümmerts meine Väter?» (Das hieß, was kümmerte es ihn.)

Sie drehte sich nicht um.

«Das ist der Fluch, der auf unserem Volk liegt», schrie er. «Wir sind arm, wir sind unwissend, und wir wollen einfach nicht lernen.»

«He, Muhammad Ali», rief die Frau vom Betelnuss-

betel-nut stall called across to him. "Too bad, she likes them young."

That day Muhammad Ali did nothing but stand around near the Consulate gates. Many times he scolded himself, *Go from here, old goof, lady does not desire to speak with you any further*. But when she came out, she found him waiting.

"Salaam, advice wallah," she greeted him.

She seemed calm, and at peace with him again, and he thought, *My God, ya Allah, she has pulled it off. The British sahibs also have been drowning in her eyes and she has got her passage to England.*

He smiled at her hopefully. She smiled back with no trouble at all.

"Miss Rehana Begum," he said, "felicitations, daughter, on what is obviously your hour of triumph."

Impulsively, she took his forearm in her hand.

"Come," she said. "Let me buy you a pakora to thank you for your advice and to apologise for my rudeness, too."

They stood in the dust of the afternoon compound near the bus, which was getting ready to leave. Coolies were tying bedding rolls to the roof. A hawker shouted at the passengers, trying to sell them love stories and green medicines, both of which cured unhappiness. Miss Rehana and a happy Muhammad Ali ate their pakoras sitting on the bus's "front mud-guard", that is, the bumper. The old advice expert began softly to hum a tune from a movie soundtrack. The day's heat was gone.

"It was an arranged engagement," Miss Rehana said all at once. "I was nine years old when my parents fixed it. Mustafa Dar was already thirty at that time, but my father wanted someone who

stand herüber. «Die Dame hält wohl mehr von jüngeren Männern.»

An diesem Tag lungerte Muhammad Ali nur noch in der Nähe des Konsulatstores herum. Immer wieder schalt er sich selber. Geh weg von hier, du alter Esel! Die Dame will nicht mehr mit dir reden. Doch als sie dann herauskam, entdeckte sie, dass er dort wartete.

«*Salaam*, Beratungs-*wallah*!» begrüßte sie ihn.

Sie wirkte ganz ruhig und schien ihm nicht mehr böse zu sein. Mein Gott, *ya Allah*, dachte er, sie hat es geschafft! Auch die britischen Sahibs sind in ihren Augen ertrunken, und sie hat ihre Passage nach England.

Hoffnungsvoll lächelte er sie an. Und sie erwiderte sein Lächeln freimütig.

«Miss Rehana Begum», sagte er, «meinen Glückwunsch, Tochter, für das, was offensichtlich die Stunde des Triumphs für Sie war.»

Spontan ergriff sie seinen Unterarm.

«Kommen Sie», sagte sie, «ich lade Sie zu einer *pakora* ein, um mich für Ihren guten Rat zu bedanken und mich außerdem für meine Unhöflichkeit zu entschuldigen.»

Sie standen im Staub des nachmittäglichen Platzes neben dem Bus, der zur Abfahrt gerüstet wurde. Kulis befestigten Bettrollen auf dem Dach. Ein Straßenhändler versuchte den Passagieren schreiend Liebesromane und grüne Pillen zu verkaufen – beide gegen Traurigkeit. Miss Rehana und ein glücklicher Muhammad Ali saßen auf der vorderen Stoßstange des Busses und aßen ihre *pakoras*. Der alte Beratungsexperte begann leise die Melodie einer Filmmusik zu summen. Die Hitze des Tages hatte sich gelegt.

«Es war eine arrangierte Verlobung», erzählte Miss Rehana unvermittelt. «Als meine Eltern sie aushandelten, war ich erst neun Jahre alt. Mustafa Dar war damals schon dreißig, aber mein Vater wollte einen Mann, der sich um

could look after me as he had done himself and Mustafa was a man known to Daddyji as a solid type. Then my parents died and Mustafa Dar went to England and said he would send for me. That was many years ago. I have his photo, but he is like a stranger to me. Even his voice, I do not recognise it on the phone."

The confession took Muhammad Ali by surprise, but he nodded with what he hoped looked like wisdom.

"Still and after all," he said, "one's parents act in one's best interests. They found you a good and honest man who has kept his word and sent for you. And now you have a lifetime to get to know him, and to love."

He was puzzled, now, by the bitterness that had affected her smile.

"But, old man," she asked him, "why have you already packed me and posted me off to England?"

He stood up, shocked.

"You looked happy – so I just assumed … excuse me, but they turned you down or what?"

"I got all their questions wrong," she replied. "Distinguishing marks I put on the wrong cheeks, bathroom decor I completely redecorated, all absolutely topsy-turvy, you see."

"But what to do? How will you go?"

"Now I will go back to Lahore and my job. I work in a great house, as ayah to three good boys. They would have been sad to see me leave."

"But this is tragedy!" Muhammad Ali lamented. "Oh, how I pray that you had taken up my offer! Now, but, it is not possible, I regret to inform. Now they have your form on file, cross-check can

mich kümmerte, wie er selbst es immer getan hatte. Und Mustafa war ein Mann, den *daddyji* als einen zuverlässigen Menschen kannte. Dann starben meine Eltern. Mustafa Dar ging nach England und versprach, mich nachkommen zu lassen. Das ist viele Jahre her. Ich habe ein Foto von ihm, aber er ist ein völlig Fremder für mich. Selbst seine Stimme erkenne ich nicht am Telefon.»

Dieses Geständnis überraschte Muhammad Ali, aber er nickte mit einer Miene, die, wie er hoffte, Weisheit ausdrückte.

«Dennoch und trotz alledem», sagte er, «die Eltern handeln immer zum Besten ihrer Kinder. Die Ihren haben einen guten, ehrlichen Mann für Sie gefunden, der sein Wort gehalten hat und Sie nachkommen lassen will. Und nun haben Sie ein ganzes Leben vor sich, um ihn kennen und lieben zu lernen.»

Die Bitterkeit, die sich auf einmal in ihr Lächeln schlich, verwirrte ihn.

«Warum, guter Mann», fragte sie, «haben Sie mich denn schon auf die Reise nach England geschickt?»

Zutiefst erschrocken sprang er auf.

«Sie haben so glücklich ausgesehen – so kams mir vor ... Entschuldigen Sie, aber wurden Sie etwa abgewiesen?»

«Ich habe alle Fragen falsch beantwortet», entgegnete sie. «Ich habe unverwechselbare Kennzeichen auf die falschen Wangen verlegt, das Badezimmer völlig anders eingerichtet und überhaupt alles auf den Kopf gestellt. Verstehen Sie?»

«Aber was werden Sie jetzt tun? Wie soll es mit Ihnen weitergehen?»

«Ich werde nach Lahore zurückkehren, und zu meiner Arbeit. Ich bin in einer großen Villa als *ayah* für drei liebe Jungen angestellt. Sie wären sehr traurig gewesen, wenn ich sie verlassen hätte.»

«Das ist ja eine Tragödie!» lamentierte Muhammad Ali. «O Gott, hätten Sie nur mein Angebot angenommen! Aber leider muss ich Ihnen sagen, dass es jetzt nicht mehr geht. Jetzt ist Ihr Antrag registriert, jetzt kann alles kontrolliert

be made, even the passport will not suffice. It is spoilt, all spoilt, and it could have been so easy if advice had been accepted in good time."

"I do not think," she told him, "I truly do not think you should be sad."

Her last smile, which he watched from the compound until the bus concealed it in a dust-cloud, was the happiest thing he had ever seen in his long, hot, hard, unloving life.

werden, jetzt würde Ihnen sogar der Pass nichts mehr nützen. Es ist aus, alles ist aus. Dabei wäre es so einfach gewesen, wenn Sie meinen Rat rechtzeitig befolgt hätten!»

«Ich glaube», gab sie zurück, «ich glaube wirklich, dass Sie mich nicht zu bedauern brauchen.»

Ihr letztes Lächeln, das er vom Platz vor dem Konsulat aus sah, ehe der Bus es mit einer Staubwolke verhüllte, war die glücklichste Sache, die er in seinem langen, wilden, harten, liebeleeren Leben jemals gesehen hatte.

Helen Simpson
Good Friday, 1663

We have a winding sheet in our mother's womb, which grows with us from our conception, and we come into the world, wound up in that winding sheet, for we come to seek a grave.

My rustic husband, preferring to be fifty years behind the times in church matters as in all else, has ordered Parson Snakepeace to preach only sermons from the old dead Divines, and to read them aloud without comment. This being Good Friday, he has chosen the horridest sermon he could find, all to do with death and earthworms.

Lord, I'm sure I am grown quite melancholy at that old barbarous tale of the thorn crown and the sponge in vinegar. Ha, ha, ha!

This church is as cold as the grave. You would not know the air was so gentle outside, all the daffodils kissing the air and the apple trees like brides.

Here, by my pew, lies my husband's mother, Myrtilla Fanshawe, twenty-six years old, d. 1634, boxed up in fine Carrara:

God's goodness made her wise and well-beseeming
Her wifely virtues won her much esteeming,
Earth would not yield more pleasing earthly bliss
Blest w'two babes, though Death brought her to this.

That shallow space over there, beneath the window showing St Catherine, is reserved for *my* tomb. I insist on a chaste design. None of your beastly seraphim, mind; I never could endure your marble flittermice.

Myrtilla died in childbed, bearing that blockhead my husband. He sits beside me now pretending to listen to the sermon, his mouth catching flies,

Helen Simpson
Karfreitag 1663

Schon im Mutterleib haben wir unser Leichentuch, das mit uns wächst von der Empfängnis an, und wir kommen auf die Welt eingehüllt in dieses Leichentuch, denn wir kommen, uns ein Grab zu suchen.

Mein tölpeliger Eheherr beliebt in Kirchendingen wie in allem andern fünfzig Jahr hinter der Zeit zu verharren, und so hat er den Pastor Snakepeace angewiesen, nur Predigten längst gestorbener Schriftgelehrter zu halten und diese ohne jeglichen Kommentar zu verlesen. Da wir heut Karfreitag haben, hat er die grässlichste Predigt ausgewählt, so er hat können finden, mit nichts als Tod und Gewürm darin.

Gütiger Gott, mir ist gewiss ganz schwermütig geworden von dieser schaurigen Mär von der Dornenkrone und dem Schwamm von Essig. Ha, ha, ha!

In dieser Kirche ists kalt als wie im Grab. Du glaubst gar nicht, dass die Luft draußen so sanft ist, die Narzissen die Lüfte küssen und die Apfelbäume aussehen wie Bräute.

Hier bei meinem Kirchenstuhl liegt meines Mannes Mutter, Myrtilla Fanshawe, sechsundzwanzig Jahr alt, gest. 1634, umschlossen von feinstem Marmor aus Carrara:

Durch Gottes Güte war sie klug und sittig,
Der Tugend Krone macht kein Weib ihr strittig,
Irdisches Glück war größres nicht auf Erden,
Gesegnet mit zwei Kindern, musst sie dennoch sterben.

Die flache Nische dort drüben unter dem Fenster der heiligen Katharina soll einmal mein Grab werden. Ich verlange, dass es schlicht gehalten werde. Sonderlich aber keinen dieser abscheulichen Seraphim; solche marmornen Flattermäuse kann ich nicht ertragen.

Myrtilla starb im Kindbett, als sie diesen Narren, meinen Gemahl, gebar. Da sitzt er neben mir und gibt vor, der Predigt zu lauschen, während er Maulaffen feilhält; nichts

a pure clown, mere elementary earth, without the least spark of soul in him. That he should have claimed me for his wife! He would be more fitly mated with some silly, simple, pecking, sneaking country girl, one that goes with her toes in, and can't say boo to a goose.

I cannot endure him near me, with his sweating, snoring, scratching, snap-finger ways. He'll sit and yawn, and stretch like a greyhound by the fireside, till he does some nasty thing or other and so gives me an excuse to leave the room. When he has blown his nose into his handkerchief, he looks into it as if there were a diamond dropped out of his head.

There in the womb we are fitted for works of darkness, all the while deprived of light: and there in the womb we are taught cruelty, by being fed with blood, and may be damned, though we be never born.

To confine a woman just at her rambling age! take away her liberty at the very time she should use it! O barbarous aunt! O unnatural father!

My aunt Champflower is a very violent lady. She will fall into a fit or fly at you for the least piddling insignificant thing. In her day she was a beauty, but now she washes her face and hands in lead varnish to hide the dismal hollows of eight and thirty years.

The patches on her white lead face, some big, some little, look like so many raisins and currants floating in a porringer of rice-milk.

Lord, what a difference there is between me and her. How I should despise such a thing if I were a man. What a nose she has! what a chin! what a neck! She desired my ruin with all her little
heart. She danced for pure joy at my wedding. 140

My father never would have heard Scandal's 141

anderes als ein Tropf, ein Erdenkloß ohne einen Funken Seele in der Brust. Dass er gerade mich zur Ehefrau begehren musste! Eine dumme, stumme, tranige, tückische Trine vom Dorfe wäre ihm eine passendere Gefährtin gewesen, eine, die beim Gehen die Füße einwärts stellt und nicht bis drei zählen kann.

Ich dulde ihn nicht in meiner Nähe mit seinem Schwitzen, Schnarchen, Kratzen und Fingerschnalzen. Er sitzt am Kamin und gähnt und räkelt sich wie ein Jagdhund, bis er etwas Widerliches tut, das mir einen Vorwand gibt, den Raum zu verlassen. Wenn er sich in sein Sacktuch geschneuzt hat, schaut er hinein, als wäre ihm gerade ein Diamant aus dem Kopf gefallen.

Dort im Mutterleib, des Tageslichts beraubt, werden wir vorbereitet auf Werke der Finsternis, und dort im Mutterleib, genährt mit Blut, werden wir gelehrt, grausam zu sein, und verfallen so der Verdammnis, noch ehe wir geboren werden.

Ein Frauenzimmer einzusperren in einem Alter, da sie umherschweifen möchte, sie ihrer Freiheit zu berauben just zu der Zeit, da sie sich ihrer erfreuen sollte! O grausame Tante! O fühlloser Vater!

Meine Tante Champflower ist eine sehr reizbare Dame. Schon die geringste unbedeutende Kleinigkeit lässt sie auffahren und gegen einen wüten. Vordem war sie eine Schönheit, doch jetzt bestreicht sie Gesicht und Hände mit Bleiweiß, um die kläglichen Falten ihrer achtunddreißig Jahre zu verbergen.

Die Schönheitspflästerchen in ihrem bleiweißen Gesicht, manche größer, manche kleiner, sehen aus wie Rosinen und Korinthen in einem Napf Milchreis.

Himmel, welch ein Unterschied ist da zwischen ihr und mir! Wäre ich ein Mann, wie wollte ich eine wie sie verachten. Was für eine Nase sie hat! was für ein Kinn! was für einen Hals! Von ganzem Herzen sehnte sie mein Verderben herbei. Auf meiner Hochzeit tanzte sie vor Glück.

Sie hätte verhindern können, dass meinem Vater der Ge-

buzz had she only kept it from him. He would have let me look where I pleased for a husband. I have a tidy fortune. But no, I must be thrown away in haste to this clodpole squire.

My aunt calls me to her room and talks of Honour and Reputation with a long face like the beast of the Nile.

"Aye, aye," says I. "But what has such talk to do with me?"

"What indeed!" cries she in a passion.

She pauses. She trifles with a lace some time before she speaks next, making play with a certain letter, reading it to herself with a careless dropping lip and an erected brow, humming it hastily over.

I recognise the hand. It is from my Celadon.

"Well, niece, this galloping abroad and allowing young fellows to fool with you has given your reputation no very good complexion."

"Madam, I seek only to follow your example. Besides, I have heard it said often and often when I was with you in London, that a lady's reputation ought to be a sort of brunette; then it has an attraction in it, like amber. A white reputation is as disagreeable to men, I am sure I have heard you say twenty times or more, as white eyebrows or white eyelashes."

"Pooh pooh," says she with a sort of snarling smile. "You can talk in that airy impertinent way until Domesday but it will not save you. I have other letters. Your fop delights in nothing but rapes and riots, as all the world well knows. I have heard certain tales. I have ocular proof."

"Madam," says I, though I start to feel a little uneasy now, "there are some persons who make it their business to tell stories, and say this and that of one and t'other, and everything in the world; and," says I… 142

"And your father shall know all," she finishes. 143

sellschaftsklatsch zu Ohren kommt. Er hätte mich einen Gemahl suchen lassen, wo es mir gefiel. Ich besitze ja ein hübsches Vermögen. Aber nein, ich musste flugs an diesen Krautjunker weggeworfen werden.

Meine Tante ruft mich zu sich und redet von Ehre und gutem Ruf und macht dazu ein finsteres Gesicht wie die Bestie vom Nil.

«Ja, ja», sage ich, «aber was hat das alles mit mir zu tun?»

«Das fragst du?» ruft sie erbost aus.

Sie schweigt und nestelt eine Weile an ihrem Spitzentuch, bevor sie wieder spricht, hantiert mit einem gewissen Brief, den sie mit halb geöffnetem Mund und hochgezogenen Brauen hastig murmelnd durchliest.

Ich erkenne die Schrift wieder. Er ist von meinem Celadon.

«Nun, Nichte, dass du draußen umherreitest und zulässt, dass junge Männer ihr Spiel mit dir treiben, hat dir keinen guten Ruf eingetragen.»

«Madam, ich trachte nur, eurem Beispiel zu folgen. Auch habe ich wieder und wieder vernommen, als ich mit euch in London war, dass der Ruf einer Dame brünett sein sollte, dann sei er so anziehend wie Bernstein. Ein blütenweißer Ruf, so habe ich euch wohl zwanzigmal und mehr sagen hören, missfällt den Männern ebenso wie weiße Brauen oder weiße Wimpern.»

«Pah!» sagt sie darauf mit einem höhnischen Lachen. «Und wenn du bist zum jüngsten Tag so leichtfertig und schamlos daherredest, es wird dich nicht retten. Ich besitze noch andere Briefe. Dein Galan hat nur Vergnügen an Schändung und Aufruhr, und alle Welt weiß das. Ich habe da gewisse Dinge gehört. Und ich habe Augenzeugen.»

«Madam», erwidere ich, obgleich mir jetzt weniger behaglich zumute war, «es gibt immer Menschen, die es sich angelegen sein lassen, Geschichten zu verbreiten und über andere und alle Welt bald dies, bald das zu reden. Und», sage ich…

«Dein Vater soll alles erfahren», sagte sie abschließend.

Our birth dies in infancy, and our infancy dies in youth, and youth and the rest die in age, and age also dies, and determines all. O, huzza, Parson Snakepeace; cheerful matter for an April morning! *Our youth is hungry and thirsty, after those sins, which our infancy knew not; and our age is sorry and angry, that it cannot pursue those sins which our youth did.*

I shall never more see the playhouse, nor go to Ponchinello nor Paradise, nor take a ramble to the Park nor Mulberry Garden. I could as soon persuade my husband to share a sillybub in New Spring Garden or to drink a pint of wine with friends at the Prince in the Sun as I could fly.

My aunt Champflower took me with her to London last year for a spring holiday. We lodged near by St James's, and I never was so happy in all my life.

I dote noon assemblies, adore masquerades, my heart bounds at a ball; I love a play to distraction, cards enchant me, and dice put me out of my little wits.

On our third evening, then, we saunter to the pleasure gardens at Ranelagh for the sake of the Chinese lanterns and to taste a dish of oysters.

There we happen to meet again with a certain merry sharking fellow about the town, who has pursued us diligently from chocolate house to milliner to the Haymarket since our arrival. He has with him a friend; and this friend is Celadon.

"I came up, Sir, as we country-gentlewomen use, at an Easter Term," explains my aunt demurely, "to the destruction of tarts and cheesecakes, to see a new play, buy a new gown, take
a turn in the Park, and so down again to sleep 144
with my forefathers." 145

Unsere Geburt stirbt in der Kindheit, und unsere Kindheit stirbt in der Jugend, die Jugend und alles weitere stirbt im Alter, und auch das Alter stirbt, und alles endet. Oh, heißa, Pastor Snakepeace, fröhliche Reden für einen Aprilmorgen! *Unsere Jugend hungert und dürstet nach den Sünden, von denen unsere Kindheit nichts ahnte; und unser Alter ist bekümmert und zornig, dass es die Sünden der Jugend nicht mehr begehen kann*

Nie wieder werde ich ein Schauspielhaus besuchen oder zu einer Hanswurstiade oder in die Menagerie gehen, und nie werde ich mich wieder im Park oder im Mulberry Garden ergehen. Eher lerne ich zu fliegen, als dass ich meinen Ehemann dazu überrede, im New Spring Garden eine süße Speise mit mir zu teilen oder mit Freunden einen Krug Wein im «Prince in the Sun» zu leeren.

Meine Tante Champflower nahm mich vergangenes Jahr mit zu einem Frühjahrsbesuch in London. Unweit von St. James's nahmen wir Quartier, und nie in meinem Leben war ich so vergnügt.

Ich schwärme für Gesellschaften, liebe Maskenbälle, mein Herz verzehrt sich nach dem Tanzen; das Theater ergötzt mich über die Maßen, ich bin wie berauscht von Spielkarten, und das Würfelspiel raubt mir schier die Sinne.

An unserem dritten Abend schlendern wir also zum Lustgarten von Ranelagh, um dort die chinesischen Laternen zu sehen und einige Austern zu verzehren.

Dort begegnen wir wieder einem gewissen schneidigen, weltläufigen Burschen, der uns seit unserer Ankunft eifrig gefolgt ist, vom Schokoladenhaus zur Putzmacherin und zum Haymarket. Er hat einen Freund bei sich, und dieser Freund heisst Celadon.

«Ich bin zur Osterwoche in die Stadt gekommen, Sir, wie wir Damen aus der Provinz das tun», erklärt meine Tante beflissen, «um Torte und Kuchen zu verzehren, ein neues Stück anzusehen, ein neues Kleid zu kaufen, ein wenig im Park zu wandeln und dann wieder zurückzukehren, um bei den Vorfahren weiter vor mich hinzudämmern.»

"We see you have brought your sister with you in kindness," says Celadon, giving me a mighty wink.

The two fine gallants pay her gross and lavish compliments, ogling and glancing and watching any occasion to do forty officious things. They have all the appearance of gentlemen about them. I notice that Celadon's eyes look sideways on me like an Egyptian drawing. He wears a fine long periwig tied up in a bag.

My aunt curtseys at last. Down goes her diving body to the ground, as if she were sinking under the conscious load of her own attractions; then launches into a flood of fine language, still playing her chest forward in fifty falls and risings, like a swan upon waving water.

Hang me if she has not conceived a violent passion for the fellow.

...when my mouth shall be filled with dust, and the worm shall feed, and feed sweetly upon me, when the ambitous man shall have no satisfaction, if the poorest alive tread upon him, nor the poorest receive any contentment in being made equal to Princes, for they shall be equal but in dust.

I look down now at my arms and see the fine eggshell skin with a pretty sparkle from the sun, and the violet-coloured veins at my wrist. I cannot think I am dust and worms' meat.

The carnation dew, the pouting ripeness of my honeycomb mouth, he said; and that my face was a swarm of cupids.

I do love Love. I would have all the Love in the world. What should I mind else, while I have any share of youth and beauty? When I went to Court all eyes were upon me, all tongues were whispering that's my Lord Spatchcock's fine daughter; all

«Wie man sieht, habt Ihr die Güte besessen, Eure Schwester mitzubringen», erwidert Celadon und zwinkert mir mächtig zu.

Die beiden feinen Kavaliere mach ihr eine Fülle übertriebene Komplimente, tun ihr schön und nehmen jede Gelegenheit wahr, um ihr -zig Aufmerksamkeiten zu erweisen. Sie haben ganz das Aussehen von Edelleuten. Mir fällt auf, dass Celadon mich aus den Augenwinkeln ansieht wie eine ägyptische Zeichnung. Er trägt eine feine lange Perücke, die in einem Beutel zusammengebunden ist.

Schließlich macht meine Tante ihnen eine tiefe Reverenz. Bis auf den Boden taucht sie nieder, so als versänke sie unter dem Bewusstsein ihrer eigenen Vorzüge; dann stürzt sie sich in eine Flut gewählter Worte, und dabei hebt und senkt sich ihr Busen wohl fünfzigmal wie der eines Schwans auf des Wassers Wogen.

Ich will gehenkt sein, wenn sie für diesen Menschen nicht feurig entbrannt ist.

...dann wird mein Mund sich mit Asche füllen, und der Wurm wird sich gütlich tun an mir; dann wird dem Hochstrebenden keine Genugtuung zuteil werden, da die Ärmsten ihn in Staub treten, und die Ärmsten werden nicht die Freude haben, den Prinzen gleich zu sein, denn gleich sind sie ihnen nur im Staub.

Jetzt blicke ich auf meine Arme und sehe auf meiner eierschalenzarten Haut Sonnenstrahlen tanzen, und sehe die veilchenblauen Adern an meinem Handgelenk. Ich mag nicht glauben, dass ich Staub bin und Fraß für die Würmer.

Der nelkenrote Tau, die schwellende Reife meines honigsüßen Mundes, sagte er, und in meinem Antlitz tanzten Amoretten.

Wie liebe ich die Liebe! Ich begehre alle Liebe der Welt. Wonach sollte mir sonst der Sinn stehen, solange ich an Jugend und Schönheit Anteil habe? Als ich bei Hofe war, richteten sich aller Augen auf mich, und ein jeder flüsterte: das ist Lord Spatchcocks liebreizende Tochter. Alle drängten

pressed towards me and bowed, only to get half a glance from me. When I went to the playhouse, some stood gazing on me, with their arms across their heads languishing as oppressed by beauty. The brisker fellows combed their wigs and prepared their eyes to tilt with mine. Ah, flattery was my daily bread.

Celadon is so agreeable a man, so eloquent, so unaffected, so particular, so easy, so free. All his finery is from the best in Paris – his shoes from Piccar and his gloves from Orangerie. He wears his clothes with so becoming a negligence that I can barely wish him out of them. He even soaks his handkerchief in rose water.

He had the greatest skill in arranging assignations that ever I saw; and all the while he flattered my aunt with a thousand honeyed words and promises, until I was ready to burst with laughing.

My hair was dressed in flaunting little ringlets and crimped serpentaux puffs. I wore my new under-petticoats of white dimity, embroidered like a turkey-work chair with red, green, blue and yellow, with a pin-up coat of Scotch plaid adorned with bugle lace and my gown of printed calico.

I carried my claret-coloured velvet coat with gold fringes to protect me from the dangers of the night air. Even in spring, jaunting abroad at four in the morning strikes a chill into the bones.

Parson Snakepeace has conceived the pretty notion of keeping a skull upon his desk.

I can never persuade myself that religion consists in scurvy out-of-fashion clothes and sour countenances, and when one walks abroad, not to turn one's head to the right or left, but hold it straight forward like an old blind mare.

"O that I were your lover for a month or two,"
he murmured in my ear like a humble bee. 148

"What then?" 149

heran und verneigten sich, um nur ja einen Blick von mir zu erhaschen. Als ich ins Theater ging, standen manche da und starrten mich sehnsuchtsvoll an, die Arme vor dem Gesicht, als vergingen sie vor so viel Schönheit. Die Kühneren kämmten ihre Perücken aus und rüsteten sich, ihre Blicke mit den meinen zu kreuzen. Ach, Schmeicheleien waren mein tägliches Brot.

Celadon ist ein gar schätzenswerter Mann, so beredt, so ungekünstelt, so besonders, so angenehm, so frei. Seine Kleider hat er sämtlich von den Besten aus Paris, seine Schuhe aus der Picardie und seine Handschuhe aus Orange. Die lässige Eleganz, mit der er seine Gewänder trägt, steht ihm so wohl an, dass ich kaum wünschte, er legte sie ab. Überdies tränkt er sein Taschentuch mit Rosenwasser.

Nie sah ich jemanden mit größerem Geschick Begegnungen herbeiführen; und stets umschmeichelte er meine Tante mit tausend Honigworten und Verheißungen, so dass ich am Ende vor Lachen hätte bersten mögen.

Mein Haar war aufgeputzt in kleinen Ringellocken und gekräuselten Wellen. Ich hatte meine neuen Unterkleider aus weißem Gewirk an, mit Stickereien in Rot, Grün, Blau und Gelb wie ein türkischer Sessel, und dazu ein hochgestecktes, schottisch kariertes Kleid mit Glasperlenbesatz und meinen Mantel aus bedrucktem Kattun.

Ich trug meinen weinfarbenen Samtmantel mit Goldbordüren, um mich vor den Gefahren der Nachtluft zu schützen. Selbst im Frühling dringt einem die Kälte bis ins Mark, wenn man um vier in der Frühe umherspaziert.

Pastor Snakepeace hatte den schnurrigen Einfall, sich einen Totenschädel auf sein Schreibpult zu legen.

Ich will es nicht glauben, dass Religion darin besteht, aus der Mode gekommene abscheuliche Kleider zu tragen und ein sauertöpfisches Gesicht zu zeigen und nicht nach rechts oder links zu blicken, wenn man durch die Straßen geht, sondern geradeaus zu sehen wie eine blinde alte Mähre.

«Oh könnte ich für einen oder zwei Monde Euer Geliebter sein», murmelte er in mein Ohr wie eine Hummel.

«Was wäre dann?»

"I would make that pretty heart's blood of yours ache in a fortnight."

"That God, this Lord, the Lord of life could die, is a strange contemplation; that the Red Sea could be dry, that the sun could stand still, that an oven could be seven times heat and not burn, that lions could be hungry and not bite, is strange, miraculously strange, but supermiraculous that God could die.

The most unnatural spectacle to be seen in Somerset since the Flood was surely my union with Squire Clodpole here. A dainty girl of seventeen yoked to a greasy, untoward, illnatured, slovenly wretch! We were the laughing stock of five counties.

Now it is five months since our wedding, which I should rather call a show of Merry-Andrews, with nothing pleasant about it at all but the foolery of a farce.

The nuptial banquet was crammed with baskets of plumcake, Dutch gingerbread, Cheshire cheese, Naples biscuits, macaroons, neats' tongues and cold boiled beef.

My new husband had drunk heartily. The guests cried out for a speech. He staggered to his feet.

"My head aches consumedly," said he; "I am not well."

"Good-lack!" said I, "if those fellows in France don't press all the grapes with their filthy naked feet. No wonder we are poisoned with their wine."

He raised his glass to me, then toppled over behind the table.

There was such a laughing, they roared out again. The ladies teehee'd under their napkins. The teehee took a reverend old gentlewoman as she was drinking, and she squirted the beer out of her nose, as an Indian does tobacco.

«Ich würde machen, dass Euer hübsches Herzblut schon nach zwei Wochen schmerzte.»

Dass Gott, unser Herr, dieser Herr über alles Leben, sterben konnte, ist ein befremdlicher Gedanke. Dass das Rote Meer austrocknen konnte, dass die Sonne stillstand, dass ein Ofen siebenfache Hitze hatte und doch nicht verbrannte, dass Löwen hungrig waren und doch nicht bissen, das ist sonderbar, höchst sonderbar, doch über alle Maßen sonderbar ist es, dass Gott sterben konnte.

Meine Vermählung mit dem Herrn Krautjunker hier war wohl das widernatürlichste Schauspiel, das man in ganz Somerset seit der Sintflut gesehen hat. Eine schmucke Jungfer von siebzehn, verkuppelt mit einem schmierigen, linkischen, launischen, liederlichen Wicht! In fünf Grafschaften hat man über uns gelacht.

Fünf Monate sind vergangen seit unserer Hochzeit, die ich besser ein Possenspiel nennen sollte, denn es war nichts Ergötzliches daran als die Narreteien einer Posse.

Beim Hochzeitsmahl gabs überreichlich Früchtekuchen, holländische Pfeffernüsse, Käse aus Cheshire, neapolitanisches Zuckergebäck, Makronen, Ochsenzunge und kaltes Rindfleisch.

Mein neuer Ehemann hatte wacker gezecht. Die Gäste riefen nach einer Rede. Schwankend erhob er sich.

«Mein Kopf schmerzt ungemein», sagte er. «Mir ist nicht wohl.»

«Fürwahr», sagte ich, «die Kerle in Frankreich zerstampfen ja auch die Trauben mit ihren bloßen schmutzigen Füßen. Was Wunder, dass ihr Wein uns vergiftet.»

Er hob mir sein Glas entgegen, dann fiel er unter den Tisch.

War das ein Gelächter! Sie brüllten vor Lachen. Die Damen kicherten hinter ihren Mundtüchern. Eine ehrwürdige alte Dame wurde so vom Kichern gepackt, als sie gerade trinken wollte, dass ihr das Bier aus der Nase sprühte wie der Tobak den Indianern.

By the time the bashful bride, meaning myself, was brought to bed, this numbskull had in some wise recovered his wits.

He called for a mouthful of something to stay his stomach, a tankard of usquebaugh with nutmeg and sugar, if you please, and also a toast and some cheese.

Faugh, the filthy brute.

"Supper, sir!" said I. "Why, your dinner is not out of your mouth yet; at least 'tis all about the brims of it."

That sharp comment confounded him, so that he cursed, and rolled about the bedchamber like a sick passenger in a storm; then he comes flounce into bed, dead as a salmon in a fishmonger's basket, his feet cold as ice and his breath hot as a furnace.

His head is a fool's egg which lies hid in a nest of hair. He hangs his nose in my neck and talks to me whether I will or no. What a poor sordid slavery there is in the state of marriage.

During our brief courtship, he wailed out some songs of love.

"I have a mistress that is fair
And as sweet as sugar candy,
Had I ten thousand pounds a year
I'd give her half a pint of brandy."

And all the while he gazes on me like a sick monster, with languishing eyes.

I burst into laughter: "Lord, sir, you have such a way with you, ha, ha, ha!"

At night He went into the garden to pray, and He spent much time in prayer. I dare scarce ask thee whither thou *wentest, or how* thou *disposedst of*
thy self, when it grew dark and after last night. 152
That has set my husband a-tittering. Now he nudg- 153

Als die Zeit kam, die keusche Braut (womit ich mich selber meine) zu Bett zu bringen, hatte dieser Hohlkopf seine Sinne halbwegs wiedererlangt.

Er verlangte dann wahrhaftig als Kleinigkeit, um seinen Magen zu beruhigen, einen Humpen Branntwein mit Muskat und Zucker und dazu Röstbrot und etwas Käse.

Pfui, dieses Ungeheuer!

«Abendessen, Sir?» sagte ich. «Aber Euer Mittagessen hat ja noch gar nicht Euern Mund verlassen, zumindest hängts Euch noch an den Lippen.»

Diese scharfe Bemerkung verblüffte ihn, so dass er zu fluchen begann und im Schlafgemach umherwankte wie ein seekranker Passagier in einem Sturm. Dann kommt er und lässt sich ins Bett fallen, tot wie ein Salm im Korb eines Fischhändlers, seine Füße kalt wie Eis und sein Atem heiß wie ein Ofen.

Sein Kopf ist ein Narrenei, das in einem Nest aus Haaren versteckt liegt. Er hängt seine Nase über meinen Nacken und redet mit mir, ob ich will oder nicht. Was für eine erbärmliche Sklaverei ist doch der Ehestand!

Während der kurzen Zeit der Brautwerbung jammerte er mir einige Liebeslieder vor.

«Schön ist die Meine, das ist wahr,
Und süß sind ihre Lippen.
Hätt ich zehntausend Pfund im Jahr,
Ich ließ vom Wein sie nippen.»

Und unterdessen sieht er mich mit schmachtendem Blick an wie ein krankes Ungetüm.

Ich musste lachen: «Bei Gott, Sir, Ihr habt wirklich eine Art... ha, ha, ha!»

In der Nacht begab Er sich in den Garten, um zu beten, und Er verbrachte lange Zeit im Gebet. Ich wage kaum zu fragen, wohin Du *Dich begeben und was* Du *getrieben hast, nachdem es gestern abend dunkel geworden war.* Nun muss mein Ehemann glucksen, und er stößt mich mit dem Ellenbogen

es me with his elbow, the filthy fellow. I have no stomach for him. *About midnight He was taken and bound with a kiss, art thou not too conformable to Him in that? Is not that too literally, too exactly thy case? at midnight to have been taken and bound with a kiss?*

Yes, yes, Parson Snakepeace, I was taken captive in a garden, at my lady Wildsapte's last summer fête champestre, though I cannot see why you should make a sermon of it, for it had nothing to do with you or your talk of the grave.

We went chasing off by the light of torches down an alley of trees, shamming to fight each other with long hazel twigs.

My lady's grounds are full of little pagan temples and other fancies, and at last we fell down breathless at the foot of a pretty Egyptian obelisk brought back by her son from his late stay in Rome. Screened by the friendly shade of some low bushes, we fell breathless upon the ground together, the leaves around us were of the crimson flowering currant for I can still recall the sharp smell when we bruised 'em by lying upon 'em.

"Cherubimical lass," he called me, and gazed on me devouringly. Our eye beams were in that moment tangled beyond redemption, and I could not bring myself to draw away when he caught me by the hand, wringing and squeezing at it as if he were mad.

He offered me no other rudeness at first, but we only gazed on each other with half smiles; and our breathing grew laboured when we twisted and knotted our fingers together as if in combat. Then indeed my bounding blood beat quick and high alarms.

He swore that he would come down from London
in a fortnight, and marry me. 154
And so we progressed until, with broken mur- 155

an, der Schmutzfink. Ich kann ihn nicht ausstehen. *Um Mitternacht ward Er mit einem Kusse ergriffen und in Bande geschlagen. Bist Du Ihm nicht darin allzu gleich? Ist dies nicht allzu buchstäblich, allzu genau wie in Deinem Falle? Um Mitternacht mit einem Kusse ergriffen und in Bande geschlagen?*

Gewiss, gewiss, Pastor Snakepeace, ich wurde in einem Garten gefangengenommen, letzten Sommer bei Lady Wildsaptes fête champestre, aber ich verstehe nicht, weshalb ihr daraus einen Sermon machen müsst, denn das hatte gar nichts mit Euch und Euren Reden vom Grab zu tun.

Wir jagten einander bei Fackellicht durch eine baumgesäumte Allee und kämpften zum Schein mit langen Haselstecken.

In Miladys Park stehen viele Tempelchen und andere Fantasiegebäude, und endlich fielen wir außer Atem am Füße eines hübschen ägyptischen Obelisken nieder, den ihr Sohn vor kurzem von seinem Aufenthalt in Rom mitgebracht hat. Abgeschirmt durch den Schatten einiger freundlicher niedriger Büsche sanken wir beide atemlos auf den Boden, die Blätter um uns her waren die der rotblühenden Johannisbeere, denn ich erinnere mich noch an den würzigen Duft der zerdrückten Blätter, als wir uns niederlegten.

«Engelgleiches Wesen», nannte er mich und verschlang mich mit seinen Augen. In dieser Sekunde verwoben sich unsere Blicke untrennbar miteinander, und ich mochte mich ihm nicht entziehen, als er mich bei der Hand fasste und sie wie von Sinnen presste.

Anfangs nahm er sich keine weiteren Kühnheiten heraus. Wir sahen einander nur mit stillem Lächeln an, aber unser Atem ging schneller, als wir unsere Finger verschränkten und verkrallten wie bei einem Kampf. Dann allerdings schlug mein rasendes Blut eilig höchsten Alarm.

Er schwor, er werde in zwei Wochen aus London kommen und mich heiraten.

Und so machten wir weiter, bis er mich unter erstick-

murs and heart-fetched sighs, he so mousled and tousled me that I cried, "Sweetheart!" and he clapped a hand over my mouth to save us from discovery.

Good gods! What a pleasure there is in doing what we should not do.

Then were we animated by the strongest powers of love, and every vein of my body circulated liquid fires; until we came at last to that tumultuous momentary rage of which so much has been whispered since the world began.

O Jesu, when I think back to the heat of his sweet mouth and the smell of his skin, I could weep for weeks together.

Hang him, let him alone. He's gone.

Hast thou gone about to redeem thy sin, by fasting, by Alms, by disciplines and mortifications, in the way of satisfaction to the Justice of God? that will not serve, that's not the right way, we press an utter crucifying of that sin that governs thee; and that conforms thee to Christ.

Well, I am eight months gone with child. I may follow Mrs Myrtilla's example more speedily than expected. That would indeed be a convenient conclusion, to be dispatched by my own sin. That would provide matter enough for a month of fine long thundering sermons.

This husband sits beside me like a ball and chain. A pack of squalling infants will do the rest, forging my bonds link by link, and soon I shall inhabit as heavy a carcass as my sister Sarah's. Then will I keep company with the mid-wife, dry-nurse, wet-nurse, and all the rest of their accomplices, with cradle, baby-clouts and bearing clothes, possets, caudles, broth, jellies and gravies. Pish, I grow
nauseous when I think of them. 156
I may build castles in the air, and fume and fret, 157

tem Murmeln und tiefen Seufzern dergestalt mauselte und zauselte, dass ich «Liebster!» ausrief und er mir den Mund zuhielt, um zu verhindern, dass man uns entdeckte.

Ihr Götter! Wieviel Vergnügen steckt doch in dem, was wir nicht tun sollten.

Dann durchdrangen uns die stärksten Kräfte der Liebe, und durch alle meine Adern floss es wie Feuer, bis wir schließlich jenen Augenblick höchster Raserei erreichten, von dem seit Anbeginn der Welt soviel gemunkelt wird.

O Jesu, wenn ich an das Ungestüm seiner süßen Lippen und den Duft seiner Haut denke, könnte ich wochenlang Tränen vergießen.

Zum Henker mit ihm, lass ihn. Er ist fort.

Hast du dich angeschickt, für deine Sünde zu büßen durch Fasten, durch Almosen, durch Züchtigung und Kasteiung, um der Gerechtigkeit Gottes Genüge zu tun? Doch das genügt nicht, das ist nicht der rechte Weg, wir verlangen die Abtötung der Sünde, die dich beherrscht, erst dadurch wirst du zum Ebenbilde Christi.

Nun, ich bin jetzt im achten Monat schwanger. Vielleicht folge ich dem Beispiel Myrtillas schneller als gedacht. Das wäre ein wahrhaft passendes Ende, dahinzugehen durch meine eigene Sünde. Das würde Stoff genug liefern für einen Monat schöner, langer, polternder Predigten.

Dieser Ehemann hockt neben mir wie eine Eisenkugel an der Kette. Ein Rudel greinender Kinder wird ein übriges tun, um Glied für Glied meine Fesseln zu schmieden, und bald werde ich einem ebenso schwergewichtigen Leib innewohnen wie meine Schwester Sarah. Dann leiste ich der Hebamme, der Kinderfrau, der Amme und all ihren Komplizinnen Gesellschaft, mit Wiege, Windeln und Kleidern für Frauen guter Hoffnung, Hafergrütze, Milchbrei, Brühe, Pudding und Soße. Fürwahr, mir wird übel, wenn ich daran denke.

Ich kann Luftschlösser bauen, so viele ich will, und toben

and grow pale and ugly, if I please; but nothing will bring back my free and airy time.

Outside this church it is almost summer; see how the sun struggles through these coloured glass saints to fall in jewels onto my gown.

I will not die of the pip, so I will not.

O merciful God, who hast made all men, and hatest nothing that thou hast made, nor wouldest the death of a sinner, but rather that he should be converted and live; have mercy upon all Jews, Turks, infidels, and Hereticks, and take from them all ignorance, hardness of heart, and contempt of thy Word; and so fetch them home, blessed Lord, to thy flock, that they may be saved among the remnant of the true Israelites, and be made one fold under one shepherd, Jesus Christ our Lord, who liveth and reigneth with thee and the Holy Spirit, one God, world without end. Amen.

und wüten und blass und hässlich werden, aber nichts wird mir die Zeit der unbeschwerten Freiheit wiederbringen.

Draußen vor dieser Kirche ist fast Sommer. Sieh nur, wie die Sonnenstrahlen sich durch diese bunten Glasheiligen zwängen, um wie Edelsteine auf mein Kleid zu fallen.

Ich will nicht am Fieber sterben, ich will nicht!

O gütiger Gott, der du die Menschen geschaffen hast und keines deiner Geschöpfe hassest, du willst auch nicht den Tod des Sünders, sondern willst, dass er sich bekehren und leben möge. So erbarme dich denn der Juden, Türken, Heiden und Irrgläubigen, nimm ihnen ihre Unwissenheit, ihre Verstocktheit, ihre Missachtung deines Wortes und hole sie heim, o Herr, in deine Herde, auf dass sie gerettet werden mit den wahren Kindern Israels und eine Herde bilden unter dem einen Hirten, Jesus Christus unserm Herrn, der da lebt und herrscht mit dir und dem Heiligen Geist, einziger Gott, Welt ohne Ende. Amen.

Graham Swift
Gabor

"This is Gabor," said my father in a solemn, rehearsed, slightly wavering voice.

This was early in 1957. The war was still then quite fresh in the memory – even of those, like myself, who were born after it. Most households seemed to have framed photographs of figures in uniform, younger Dads, jauntily posed astride gun barrels, sitting on wings. Across the asphalt playground of my County Primary School the tireless struggle between English and Germans was regularly enacted. This was the only war, and its mythology ousted other, lesser intrusions into peace. I was too young to be aware of Korea. Then there was Suez, and Hungary.

"Gabor, this is Mrs Everett," continued my father, enunciating slowly, "Roger's Mummy. And this is Roger."

Gabor was a lanky, dark-haired boy. He was dressed in a worn black jacket, a navy blue jumper, grey shorts, long grey socks and black shoes. Only the jacket and limp haversack, which he held in one hand, looked as if they were his. He had a thick, pale, straight-sided face, dark, horizontal eyes and a heavy-mouth. Above his upper lip – I found this remarkable because he was only my age – was a crescent of gossamer, blackish hairs, like a faint moustache.

"Hello," said my mother. Poised in the doorway, a fixed smile on her face, she was not at all clear what was to be done on occasions like this – whether motherly hugs or formality were required. She had half expected to be ready with blankets and soup.

Father and the newcomer stood pathetically immobile on the doorstep. 160

"Hello Gabor," I said. One adult custom which 161

Graham Swift
Gabor

«Das ist Gabor», sagte mein Vater feierlich, wie einstudiert, mit leicht bebender Stimme.

Das war Anfang 1957. Damals war die Erinnerung an den Krieg noch frisch – sogar bei denen, die wie ich erst danach geboren wurden. In den meisten Häusern hingen gerahmte Fotografien von uniformierten Männern, Papas in jüngeren Jahren, die fröhlich auf Kanonenrohren ritten oder auf Tragflächen saßen. Auf dem asphaltierten Hof meiner Grundschule wurde regelmäßig der unermüdliche Kampf zwischen Engländern und Deutschen ausgetragen. Dies war der Krieg schlechthin, und seine Mythen verdrängten andere, mindere Eingriffe in den Frieden. Ich war zu jung, um etwas von Korea zu wissen. Dann kam Suez – dann Ungarn.

«Gabor, das ist Mrs. Everett», fuhr mein Vater fort, wobei er langsam und deutlich sprach, «Rogers Mama. Und das ist Roger.»

Gabor war ein schlaksiger Junge mit dunklem Haar. Er trug eine alte schwarze Jacke, einen dunkelblauen Pullover, kurze graue Hosen, graue Kniestrümpfe und schwarze Schuhe. Nur die Jacke und der schlaffe Proviantsack, den er in einer Hand hielt, sahen so aus, als gehörten sie ihm. Er hatte ein breites, blasses, rechteckiges Gesicht, schmale dunkle Augen und volle Lippen. Auf seiner Oberlippe – das fiel mir auf, weil er nicht älter war als ich – hatte er einen kleinen Halbmond von dunklen Häärchen, einen Anflug von Schnurrbart.

«Guten Tag», sagte meine Mutter. Sie verharrte in der Tür, ein Lächeln im Gesicht, unschlüssig, wie sie sich in dieser Situation verhalten sollte: ob eine mütterliche Umarmung oder eher Förmlichkeit angebracht war. Halb war sie darauf eingestellt gewesen, Decken und eine warme Suppe bereitzuhalten.

Vater und der Neuling standen hilflos und starr auf der Schwelle.

«Tag, Gabor», sagte ich. Eine der wenigen Gewohnhei-

seemed to me, for once, eminently practical, and vindicated by moments like this, was to shake hands. I reached out and took the visitor's wrist. Gabor went a salmony colour under his pale skin and spoke, for the first time, something incomprehensible. Mother and Father beamed benignly.

Gabor was a refugee from Budapest.

He was largely Father's doing. As I see it now, he was the sort of ideal foster-child he had always wanted; the answer to his forlorn, lugubrious, strangely martyrish prayers. Father had been an infantry officer during the war. He had been in North Africa and Normandy and at the liberation of concentration camps. He had seen almost all his friends killed around him. These experiences had given him the sense that suffering was the reality of life and that he had, in its presence, a peculiarly privileged understanding and power to reassure. Peace was for him a brittle veneer. He was not happy with his steady job in marine insurance, with the welfare state blandishments of those postration years. The contentments of fatherhood were equivocal. Now, as I look back, I see him waiting, watching over me, the corners of his stern mouth melancholically down-turned, waiting for me to encounter pain, grief, to discover that the world was not the sunny playground I thought it to be; so that he could bestow on me at last – with love I am sure – the benefits of his own experience, of his sorrow and strength, the large, tobaccoey palms of his protection.

I must have hurt him. While he lived with his war-time ghosts, I was Richard Todd as Guy Gibson, with an RT mask made from my cupped hand, skimming ecstatically over our back lawn to bomb the Möhne Dam; or Kenneth More as Douglas Bader, cheerily cannonading the Luftwaffe.

ten der Erwachsenen, die ich wirklich passend und in Augenblicken wie diesem sinnvoll fand, war das Händeschütteln. Ich ergriff also den Besucher beim Handgelenk. Gabors blasses Gesicht lief lachsrot an, und zum erstenmal sagte er etwas, irgend etwas Unverständliches. Mutter und Vater lächelten wohlwollend.

Gabor war ein Flüchtling aus Budapest.

Wir hatten ihn hauptsächlich Vater zu verdanken. Er war, wenn ich er sich heute überlege, genau die Art von Pflegekind, die er sich immer gewünscht hatte, die Erhörung seiner kummervollen, tief traurigen, seltsam märtyrerhaften Gebete. Während des Krieges war Vater Infanterieoffizier gewesen. Er war in Nordafrika dabei und in der Normandie und bei der Befreiung von Konzentrationslagern. Er hatte erlebt, wie fast alle seine Freunde um ihn herum fielen. Aufgrund dieser Erlebnisse glaubte er, das Leben bestehe im Grunde aus Leid und er vermöge in besonderer Weise Leidende zu verstehen und zu trösten. In seinen Augen war der Frieden nur ein brüchiger Firnis. Seine feste Anstellung bei einer Schiffsversicherung und die Verlockungen des Wohlfahrtsstaats nach den Jahren der Rationierung machten ihn nicht glücklich. Vater zu sein bedeutete für ihn nicht nur Befriedigung. Wenn ich zurückblicke, sehe ich ihn warten, mich beobachten, die strenge Linie seiner Lippen zu den Mundwinkeln hin schwermütig nach unten gezogen und darauf warten, dass ich Schmerz und Kummer erführe und endlich begriffe, dass die Welt nicht die sonnige Spielwiese war, für die ich sie hielt, und er mir endlich – gewiss liebevoll – seine eigenen Erfahrungen, seinen Schmerz und seine Stärke, den Schutz seiner großen, nach Tabak duftenden Hände zuteil werden lassen konnte.

Ich muss ihm Kummer bereitet haben. Während er mit den Gespenstern seines Krieges lebte, war ich Richard Todd in der Rolle von Guy Gibson und brauste, eine hohle Hand als Funksprechmaske vor dem Gesicht, über den Rasen hinter unserem Haus und bombardierte die Möhnetalsperre; oder ich war Kenneth More als Douglas Bader und ballerte vergnügt auf die Luftwaffe.

Father scanned the newspapers. At headlines of trouble and disaster he looked wise. When the news broke of the uprising in Hungary and its suppression, and later the stories of orphaned Hungarian children of my generation coming to our shores, who needed to be found homes, he acquired a new mission in life.

I did not take kindly to Gabor's arrival. Though he was not a proper adoption and was to be with us at first only on what the authorities called a "trial basis", I was envious of him as a substitute child – a replacement for myself. A minor war, of a kind unenvisaged, between England and Hungary, might have ensued in our house. But I saw how – from the very start – I had a facility with Gabor which my parents did not, and the pride I derived from this checked my resentment. Besides, Gabor had the appeal of someone who – like my father – had lived through real bloodshed and conflict, though in this case the experience was of the present, not of the past, and belonged moreover to a boy my own age. Perhaps – unlike my father – he would share in, and enhance, the flavour of my war games.

Should this happen it would assuage another long-standing grievance against my father. I could not understand why, seasoned veteran as he was, he did not participate in, at least smile on my imaginary battles. I began to regard him as a bad sport and – more serious – to doubt his own quite authentic credentials. I tried to see in my father the features of my cinema heroes but failed to do so. He lacked their sunburned cragginess or devil-may-care nonchalance. His own face was pasty, almost clerical. Consequently I suspected that his real exploits in the war (which I had only heard about vaguely) were lies.

Vater blätterte in den Zeitungen. Schlagzeilen über Unheil und Katastrophen las er mit wissender Miene. Als die Meldungen vom Aufstand in Ungarn und seiner Niederschlagung eintrafen und später die Berichte über ungarische Kinder in meinem Alter, die ihre Eltern verloren hatten und nun in unser Land kamen, wo für sie ein neues Zuhause gesucht wurde, da sah er eine neue Lebensaufgabe.

Ich war über Gabors Ankunft nicht erfreut. Er war zwar nicht richtig adoptiert, sondern sollte zunächst nur, wie es offiziell hieß, «probeweise» bei uns bleiben, aber ich war eifersüchtig auf ihn, auf das untergeschobene Kind, das mir meinen Platz streitig machte. Daraus hätte sich in unserem Haus ein unvorhergesehener kleiner Krieg zwischen England und Ungarn entwickeln können. Aber ich merkte, dass mir – anders als meinen Eltern – der Umgang mit Gabor von Anfang an leicht fiel, und der Stolz, den ich darüber empfand, milderte meinen Groll. Außerdem besaß Gabor die Anziehungskraft von jemandem, der – wie mein Vater – Blutvergießen und Kampf selbst erlebt hatte, wobei dies in seinem Fall Erlebnisse aus der Gegenwart und nicht der Vergangenheit waren und überdies die Erlebnisse eines Gleichaltrigen. Möglicherweise würde er sich – im Gegensatz zu meinem Vater – an meinen Kriegsspielen beteiligen und ihnen dadurch mehr Würze geben.

Sollte das zutreffen, dann würde auch ein langgehegter Groll gegen meinen Vater verblassen. Ich konnte nämlich nicht verstehen, warum er, der erfahrene Veteran, sich nicht an meinen Fantasieschlachten beteiligte oder zumindest wohlwollend darüber lächelte. Ich hielt ihn allmählich für einen Spielverderber und fing an – was schwerer wog – an der Glaubwürdigkeit seiner Auszeichnungen zu zweifeln. Ich suchte in meinem Vater die Eigenschaften meiner Kinohelden und fand sie nicht. Ihm fehlte ihre sonnengebräunte Kantigkeit, ihre lässige Unbekümmertheit. Sein Gesicht war blässlich, beinahe pastorenhaft. Ich nahm deshalb an, dass seine Heldentaten, von denen ich nur andeutungsweise gehört hatte, in Wirklichkeit erlogen waren.

The first lesson in English manners I taught Gabor was how to shoot Germans.

When I reflect on this, it was remarkable that he grasped what was required of him. Not only did he scarcely know a word of English, but there was an historical difficulty. I had absolutely no knowledge of Hungary's role in the Second World War (I was ignorant of its collaboration with the Nazis), which I took to be a national duel between England and Germany. Nonetheless, when the smoke from our bren guns or hand grenades had cleared, and I informed Gabor, after bravely reconnoitering, of another knocked out Panzer, another slaughtered infantry patrol, he would look up at me with implicit trust and grin, manically, jubilantly.

"*Jó*," he would say, "Good, good."

Father was horrified at the careless zeal with which Gabor took part in my games. He could not understand how a boy who had known real violence, whose own parents (for all we knew) had been brutally killed, could lend a part so blithely to these fantasies. Some impenetrable barrier – like a glass wall which gave to my father the forlorn qualities of a goldfish – existed for him between reality and illusion so that he could not cross from one to the other. But it was not just this that distressed him. He saw how Gabor looked to me and not to him, how when he returned from our forays at the end of the garden Gabor would follow me like a trusted commander; how, from the very beginning, that affinity which he had hoped to have with this child of suffering had eluded him. I often wondered how they had managed together on that first day, when father had gone up to "collect" Gabor, like some new purchase. I pictured them coming home, sitting mutely on opposite seats in the train compartment as they bounced through suburbia, like two lost souls.

Ich machte Gabor mit englischen Sitten und Gebräuchen bekannt und zeigte ihm als erstes, wie man auf Deutsche schießt.

Wenn ich heute darüber nachdenke, finde ich es erstaunlich, dass er begriff, was da von ihm erwartet wurde. Er sprach ja kaum ein Wort Englisch, aber vor allem hatte die Sache einen historischen Haken. Von der Rolle Ungarns im Zweiten Weltkrieg, den ich für einen nationalen Zweikampf zwischen England und Deutschland hielt, hatte ich keine Ahnung (und von einer Kollaboration mit den Nazis wusste ich nichts) . Trotzdem sah er mich jedesmal voller Vertrauen an und grinste wild und glücklich, wenn sich der Rauch unserer Flakgeschütze und Handgranaten verzogen hatte und ich Gabor nach mutiger Erkundung berichtete, dass wir wieder einen deutschen Panzer geknackt oder eine Infanteriestreife erledigt hätten.

«*Jó*», sagte er dann. «Gut, gut.»

Vater war entsetzt über den gedankenlosen Eifer, mit dem Gabor bei meinen Spielen mitmachte. Es war ihm unverständlich, wie ein Junge, der wirkliche Gewalt kennengelernt hatte und dessen Eltern nach allem, was wir wussten, grausam ermordet worden waren, sich so seelenruhig an solchen Fantasien beteiligen konnte. Für meinen Vater gab es zwischen Wirklichkeit und Einbildung eine undurchdringliche Wand – so etwas wie eine Glasscheibe, die ihm die Hilflosigkeit eines Goldfischs verlieh und es ihm unmöglich machte, von der einen Seite auf die andere zu gelangen. Aber das war nicht das einzige, was ihn bedrückte. Er merkte, wie Gabor auf mich hörte statt auf ihn, wie Gabor mir bei der Rückkehr von unseren Ausflügen in den Garten vertrauensvoll folgte wie einem Kommandeur; wie ihm von Anfang an das erhoffte Einvernehmen mit diesem Schmerzenskind fehlte. Ich fragte mich oft, wie sie wohl an diesem ersten Tag miteinander zurechtgekommen waren, als Vater in die Stadt gefahren war, um Gabor «abzuholen» wie etwas soeben Gekauftes. Ich malte mir aus, wie sie sich auf dem Heimweg stumm gegenüber saßen, zwei verlorenen Seelen gleich, während ihr Zug durch die Vororte rumpelte.

"Gabor," father would say as he lit his cigarette after dinner, with the air of being about to make some vital announcement or to ask some searching question.

"*Igen*?" Gabor would say, "Yes?"

Father would open his lips and look into Gabor's face, but something, some obstacle greater than that of language. would leave his words trapped.

"Nothing."

"Yes?"

Gabor would go pink; his eyes would swivel in my direction.

Later, when Gabor had acquired a little more English, I asked him whether he liked my father. He gave a rambling, inarticulate answer, but I understood it to mean from the manner in which it was spoken that he was afraid of him. "Tell me about your own mother and father," I asked. Gabor's chin trembled, his lips twisted, his eyes went oily. For two days not even the prospect of Messerschmitts to be shot down persuaded him to smile.

Gabor went to my primary school with me. Except when he had special language tuition he was scarcely ever out of my company. He was an intelligent boy and after eighteen months his English was remarkably fluent. He had a way of sitting in the class with a sad expression on his face which made all the teachers fall for him. I alone knew he was not really sad. My closeness to Gabor gave me a superior standing among my English friends. Gabor would now and then mutter phrases in Hungarian because he knew this gave him a certain charisma; I would acquire even more charisma by casually translating them. In our newly-built brick school, with its grass verges and laburnums, its pictures of the Queen, maps of the Commonwealth and catkins in jam-jars, there
was very little to disturb our lives. Only the eleven- 168
plus hung, like a precipice, at the end of it all. 169

«Gabor», sagte mein Vater oft, wenn er sich nach dem Abendessen eine Zigarette ansteckte, und es klang, als wollte er etwas Wichtiges mitteilen oder eine forschende Frage stellen.

«*Igen?*» sagte Gabor dann. «Ja?»

Dann öffnete Vater den Mund und sah Gabor an, aber irgendetwas, ein Hindernis, das größer war als das der Sprache, hielt seine Worte zurück.

«Nichts.»

«Ja?»

Gabor lief jedesmal rot an, und sein Blick suchte mich.

Später, als Gabor etwas mehr Englisch verstand, fragte ich ihn, ob er meinen Vater gern habe. Seine Antwort war umständlich und unklar, aber aus ihrem Ton schloss ich, dass er Angst vor ihm hatte. «Erzähl mir von deinen Eltern», bat ich ihn. Gabors Kinn zitterte, seine Lippen verzogen sich, über seine Augen legte sich ein Schleier. Zwei Tage lang konnte ihn nicht einmal die Aussicht auf ein paar abgeschossene Messerschmitts zu einem Lächeln bewegen.

Gabor ging mit mir in dieselbe Grundschule. Außer wenn er privaten Sprachunterricht erhielt, waren wir fast immer zusammen. Er war ein intelligenter Junge, und nach achtzehn Monaten war sein Englisch bemerkenswert flüssig. Die Art, wie er mit traurigem Gesicht im Unterricht saß, gewann ihm die Herzen der Lehrer. Nur ich wusste, dass er nicht wirklich traurig war. Mein enges Verhältnis zu Gabor verhalf mir unter meinen englischen Freunden zu einer besonderen Stellung. Ab und zu sagte Gabor leise etwas auf Ungarisch, denn er wusste, dass ihm das ein gewisses Ansehen gab, und ich erwarb mir noch mehr Ansehen dadurch, dass ich seine Worte mühelos dolmetschte. In unserer neu aus Backsteinen errichteten Schule mit ihren Rasenstücken und Goldregen-Sträuchern, ihren Porträts der Königin, Landkarten des Commonwealth und Weidenkätzchen in Marmeladen-Gläsern gab es kaum etwas, das Unruhe in unser Leben brachte. Nur die Aufnahmeprüfung für die höhere Schule drohte am Ende des Schuljahres wie ein Abgrund.

In the summer holidays Gabor and I would play till dark. At the end of our garden were the ramshackle plots of some old small holdings, and beyond that open fields and hedges sloping down to a road. These provided limitless scope for the waging of all types of warfare. We would scale the fence at the end of the garden, steal venturously past the tumbled sheds and smashed cucumber frames of the small holdings (still technically private property) and into the long grass beyond (later they built a housing estate over all this). At one point there was a sizeable crater in the ground, made by an actual flying-bomb in the war, filled with old paint cans and discarded prams. We would crouch in it and pretend we were being blown up; after each grisly death our bodies would be miraculously reconstituted. And everywhere, amongst the brambles and ground-ivy, there were little oddities and discoveries, holes, tree stumps, rusted tools, shattered porcelain, debris of former existences (I believed it was this ground-eye view of things which adults lacked), which gave to our patch of territory infinite imaginary depths.

A few impressions are sufficient to recapture that time: my mother's thin wail, as if she herself were lost, coming to us from the garden fence as the dusk gathered: "Roger! Gabor!"; Gabor's hoarse breath as we stalked, watching for enemy snipers, through the undergrowth, and the sporadic accompaniment, as if we shared a code, of his Hungarian: *"Menjünk! Megvárj!"*; Father, trying to restrain his anger, his disappointment, as we trailed in finally through our back door. He would scan disapprovingly our sweaty frames. He would furrow his brows at me as if I was Gabor's corruptor, and avoid Gabor's eyes. He would
not dare raise his voice or lay a finger on me be- 170
cause of Gabor's presence. But even if Gabor had 171

Während der Sommerferien spielten Gabor und ich, bis es dunkel wurde. An unseren Garten grenzten die verwilderten Felder einiger Kleingärtner, und dahinter lagen Weiden und Hecken und eine Landstraße in einer Senke. Hier boten sich unbegrenzte Möglichkeiten für Kriegsspiele jeder Art. Wir kletterten über den Gartenzaun und schlichen uns kühn an den verfallenen Hütten der Kleingärten und den zerbrochenen Scheiben der Frühbeete vorbei, die ja streng genommen noch Privatbesitz waren, bis wir das hohe Gras erreichten, das dahinter wuchs (später wurden dort Wohnhäuser gebaut). An einer Stelle gab es einen ziemlich großen Krater, wo während des Krieges eine richtige V-Rakete eingeschlagen hatte. Jetzt lagen alte Farbdosen und ausgediente Kinderwagen darin. Dort kauerten wir uns nieder und stellten uns vor, wir seien in die Luft gesprengt worden, und nach jedem grässlichen Tod wurden unsere Körper auf wundersame Weise wieder zusammengefügt. Und überall zwischen den Brombeer- und Efeuranken gab es allerlei Seltsames zu entdecken, Löcher, Baumstümpfe, verrostetes Werkzeug, Porzellanscherben, Überreste früheren Lebens, die unserem kleinen Territorium in unserer Fantasie (den Erwachsenen fehlte nach meiner Überzeugung dieser bodennahe Blick) unendliche Tiefe gaben.

Einige wenige Bilder genügen, um diese Zeit wieder wachzurufen: In der hereinbrechenden Dunkelheit vom fernen Gartenzaun her das klagende Rufen meiner Mutter, so als hätte sie selbst sich verirrt: «Roger! Gabor!» Gabors heiseres Keuchen, während wir, ständig auf der Hut vor feindlichen Heckenschützen, durchs Unterholz schlichen, und dazu seine gelegentlichen Worte auf Ungarisch, so als hätten wir eine gemeinsame Geheimsprache: «*Menjünk! Megvárj!*» Vater, der seinen Zorn und seine Enttäuschung zu beherrschen versuchte, wenn wir schließlich durch die Hintertür herein trotteten. Missbilligend musterte er dann unsere verschwitzten Gestalten. Gabors Blick wich er aus, während er mich mit finsterer Miene ansah, so als wäre ich Gabors Verführer. Da Gabor dabei war, hätte er es nie gewagt, mich anzuschreien oder zu schlagen. Aber auch

not been there he would have been afraid to use violence against me.

Father would not believe that Gabor was happy.

In the summer in which I waited with foreboding to hear the result of my eleven-plus, and Gabor also waited for his own fate to be sealed (he had not sat the exam, the education committee deciding he was a "special case"), something happened to distract us from our usual bellicose games. We had taken to ranging far into the field and to the slopes leading down to the road, from which, camouflaged by bushes or the tall grass, we would machine-gun passing cars. The July weather was fine. One day we saw the motor-bike – an old BSA model (its enemy insignia visible through imaginary field-glasses) – lying near the road by a clump of hawthorn. Then there was the man and the girl, coming up one of the chalk gulleys to where the slope flattened off – talking, disappearing and reappearing, as they drew level with us, behind the banks and troughs of grass, like swimmers behind waves. They dipped for some time behind one of the grass billows, then appeared again, returning. The man held the girl's hand so she would not slip down the gulley. The girl drew her pleated skirt between her legs before mounting the pillion.

The motor-cycle appeared the next day at the same time, about five in the hot afternoon. Without saying anything to each other, we returned to the same vantage point the following day, and our attention turned from bombarding cars to stalking the man and the girl. On the fourth day we hid ourselves in a bed of ferns along the way the couple usually took, from

wenn Gabor nicht dagewesen wäre, hätte er Angst gehabt, Gewalt gegen mich anzuwenden.

Vater wollte nicht glauben, dass Gabor glücklich war.

In diesem Sommer, während ich ängstlich die Ergebnisse meiner Aufnahmeprüfung erwartete und Gabor ebenfalls darauf wartete, dass sich sein Schicksal entschiede (er hatte an der Prüfung nicht teilgenommen, da die Schulbehörde ihn zu einem «Sonderfall» erklärt hatte), ereignete sich etwas, das uns von unseren üblichen Kriegsspielen ablenkte. Wir waren in letzter Zeit tief ins Weideland und bis zu dem Abhang vorgestoßen, der zur Straße hinunterführte, und von dort beschossen wir, gedeckt durch Büsche oder hohes Gras, vorbeifahrende Autos mit Maschinengewehren. Wir hatten schönes Wetter. Eines Tages entdeckten wir das Motorrad – ein altes Modell der Marke BSA (die feindlichen Kennzeichen waren durch unsere imaginären Ferngläser zu erkennen) –, das am Straßenrand in der Nähe eines Weißdorngebüschs lag. Dann waren da auf einmal der Mann und das junge Mädchen, die plaudernd aus einem der tiefen Einschnitte in der Kalksteinböschung heraufkamen dorthin, wo es flacher wurde. Während sie sich uns näherten, tauchten sie abwechselnd unter und kamen wieder hinter den grasbewachsenen Bodenwellen und Mulden hervor wie zwei Schwimmer in den Wogen. Eine Weile blieben sie hinter einem der Graspolster verschwunden, dann erschienen sie wieder und gingen zurück. Der Mann hielt das Mädchen bei der Hand, so dass sie nicht den Hang hinunterrutschte. Bevor sie auf den Beifahrersitz kletterte, legte das Mädchen ihren Faltenrock glatt zwischen beide Beine.

Am nächsten Tag erschien das Motorrad wieder um dieselbe Zeit, gegen fünf an diesem heißen Nachmittag. Ohne dass wir uns abgesprochen hatten, kehrten wir am Tag darauf zu unserem Beobachtungsposten zurück, aber diesmal nicht, um Autos zu bombardieren, sondern um dem Mann und dem Mädchen nachzuspionieren. Am vierten Tag versteckten wir uns an dem Weg, den das Paar gewöhnlich nahm, im dichten Farn. Von dort konnten wir durch das

where we could just see, through the fronds, a section of road, the top of the gulley and, in the other direction, at eye level, the waving ears of grass. Amongst the grass there were pink spears of willow herb. We heard the motor-bike, heard its engine cut, and saw the couple appear at the top of the gulley. The girl had a cotton skirt and a red blouse. The man wore a T-shirt with sweat at the arm-pits. They passed within a few feet of our look-out then settled some yards away in the grass. For a good while we saw just the tops of their heads or were aware of their presence only by the signs of movement in the taller stems of grass. Sounds of an indistinct and sometimes hectic kind reached us through the buzzing of bees and flies, the flutter of the breeze.

"Mi az?" whispered Gabor, *"Mit csinálnak?"* Something had made him forget his English.

After a silence we saw the girl sit up, her back towards us. Her shoulders were bare. She said something and laughed. She tilted her head back shaking her dark hair, raising her face to the sun. Then, abruptly turning round and quite unwittingly smiling straight at us as if we had called her, she presented to us two white, sunlit, pink-flowered globes.

On the way back I suddenly realised that Gabor was trying not to cry. Bravely and wordlessly he was fighting back tears.

It so happened that that day was my parents' wedding anniversary. Every July this occasion was observed with punctilious sentimentality. Father would buy, on his way home from work, a bottle of my mother's favourite sweet white wine. My mother would cook "Steak au Poivre" or "Duck à l'Orange" and put on her organdie summer frock with bits of tulle around the neckline. They would eat. After the meal my father would wash up, sport-

Gestrüpp ein Stückchen Straße und den Rand der Böschung sehen und in der anderen Richtung in Augenhöhe die schwankenden Grashalme. Hier und da ragten aus dem Gras die rötlichen Spitzen von Weidenröschen. Wir hörten das Motorrad und wie sein Motor abgestellt wurde, und dann sahen wir die beiden oben an der Böschung. Das Mädchen hatte einen Baumwollrock und eine rote Bluse an, der Mann trug ein T-Shirt, das unter den Armen verschwitzt war. Sie gingen dicht an unserem Ausguck vorbei und ließen sich dann ein paar Meter weiter im Gras nieder. Eine Zeitlang war höchstens ein wenig von ihren Köpfen zu sehen, oder ein Zittern der langen Grashalme verriet uns, dass sie noch da waren und sich bewegten. Undeutliche, manchmal aufgeregte Laute erreichten uns durch das Summen der Bienen und Fliegen und das Rauschen des Windes.

«*Mi az?*» flüsterte Gabor. «*Mit csinálnak?*» Irgendetwas hatte ihn sein Englisch vergessen lassen.

Eine Weile war es still, dann sahen wir, wie sich das Mädchen aufsetzte, mit dem Rücken zu uns. Ihre Schultern waren nackt. Sie sagte etwas und lachte. Sie legte den Kopf zurück, schüttelte ihr dunkles Haar, hob ihr Gesicht zur Sonne. Dann wandte sie sich plötzlich um, ahnungslos in unsere Richtung lächelnd, und bot uns zwei weiße, sonnenbeschienene, mit rosa Knospen besetzte Rundungen dar.

Auf dem Heimweg merkte ich plötzlich, dass Gabor mit den Tränen kämpfte. Tapfer und stumm schluckte er sie herunter.

Zufällig war dieser Tag der Hochzeitstag meiner Eltern. Regelmäßig im Juli war das Anlass für ein gefühlvolles Zeremoniell. Vater kaufte dann auf dem Heimweg von der Arbeit eine Flasche süßen Weißwein, den Mutter besonders gern trank. Mutter bereitete Pfeffersteaks oder Ente à l'orange und zog ihr Sommerkleid aus Organza an, das am Halsausschnitt mit Tüll besetzt war. Nach dem Essen übernahm Vater das Spülen des Geschirrs, wobei er sich sogar Mutters Rüschenschürze umband. Wenn der Abend

ingly wearing my mother's frilled apron. If the evening was fine they would sit outside, as if on some colonial patio. My father would fetch the Martell. My mother would put on the gramophone so that its sound wafted through the open window, "Love is a Many Splendoured Thing" by Nat King Cole.

In previous years, given an early supper and packed off to bed, I had viewed this ritual from a distance, but now, perhaps for Gabor's sake, we were allowed to partake. Solemnly we sipped our half-glasses of sweet wine; solemnly we watched my parents. Inside, we still crouched, eyes wide, amongst the ferns.

"Fifteen years ago," Father explained to Gabor, "Roger's mother and I were married. Wed-ding ann-i-versary," he articulated slowly so that Gabor might learn the expression.

I looked at Gabor. He kept his head lowered towards the tablecloth. His eyes were dry but I could see that at any moment they might start to gush.

Mother and Father ate their steaks. Their cutlery snipped and scraped meticulously. "Gorgeous," my father said after the second mouthful, "beautiful." My mother blinked and drew back her lips obligingly. I noticed that, despite her puffy dress, her chest was quite flat.

Gabor caught my eyes. Some sorrow, some memory of which none of us knew, could no longer be contained. Father intercepted the glance and turned with sudden heed towards Gabor. For the first time that evening something like animation awoke in his eyes. I could imagine him, in a moment or so, pushing aside the remainder of his steak, rejecting with a knitting of his brows the bottle of Barsac, the bowl of roses in the middle of the table, grasping Gabor's hand and saying: "Yes, of course, this is all nonsense..."

But this was not to be. I was determined, if on-

mild war, setzten sie sich nach draußen, als wären sie auf einer Veranda in den Kolonien. Vater holte dann den Martell. Mutter legte eine Schallplatte auf, so dass die Melodie durchs offene Fenster wehte: «Love is a Many Splendoured Thing» von Nat King Cole.

In den Jahren davor hatte ich mein Abendessen früh bekommen und war dann ins Bett geschickt worden, so dass ich dieses Ritual nur aus der Ferne beobachten konnte, aber diesmal durften wir, vielleicht Gabor zuliebe, dabei bleiben. Feierlich nippten wir an unseren halb gefüllten Gläsern mit süßem Wein, und feierlich beobachteten wir meine Eltern. Innerlich lagen wir noch zusammengekauert und mit großen Augen im Farn.

«Vor fünfzehn Jahren», sagte mein Vater zu Gabor, «haben Rogers Mutter und ich geheiratet. Hoch-zeits-tag», sagte er langsam, so dass Gabor sich das neue Wort einprägen konnte.

Ich sah zu Gabor hinüber. Er starrte vor sich hin auf die Tischdecke. Seine Augen waren trocken, aber ich merkte, dass sie jeden Augenblick überlaufen konnten.

Vater und Mutter aßen ihre Steaks. Ihr Besteck schnitt und kratzte sorgfältig. «Köstlich», sagte Vater nach dem zweiten Bissen, «wunderbar.» Meine Mutter zwinkerte und zog pflichtschuldig die Mundwinkel in die Höhe. Ich bemerkte trotz des bauschigen Kleids, dass ihr Busen ziemlich flach war.

Gabors Augen trafen sich mit meinen. Irgendein Kummer, eine Erinnerung, von der keiner von uns wusste, ließ sich nicht länger unterdrücken. Vater bemerkte diesen Blick und wandte sich mit plötzlicher Aufmerksamkeit Gabor zu. Zum ersten Mal an diesem Abend erwachte so etwas wie Leben in seinen Augen. Ich sah schon, dass er im nächsten Augenblick den Rest seines Steaks liegen lassen, unwillig die Flasche Barsac und die Vase mit Rosen, die auf dem Tisch stand, beiseite schieben, Gabors Hand ergreifen und sagen würde: «Ja, natürlich, das ist doch alles Unsinn...»

Aber dazu durfte es nicht kommen. Ich wollte, und sei es

ly to defy father, that Gabor would not cry. There was something in our experience of that afternoon, I recognised, for which tears were only one response. Gabor relowered his head, but I pinned my gaze, like a mind-reader, on his black mop of hair, and now and then his eyes flashed up at me. A nervous, expectant silence hung over the dinner table, in which my parents resumed eating, their elbows and jaws moving as if on wires. I saw them suddenly as Gabor must have seen them – as though they were not my parents at all. Each time Gabor looked up I caught his eyes, willing them not to moisten, to read my thoughts, to follow my own glance as I looked, now at my father's slack jowl, now at Mother's thin throat.

Gabor sat in front of the window. With the evening light behind him and his head bent forward, his infant moustache showed distinctly.

Then suddenly, like boys in church who cannot restrain a joke, he and I began to laugh.

I learnt that I was to be accepted at a new grammar school. Gabor, by some inept piece of administration, was granted a place at a similar, but not the same institution, and arrangements were made for continuing his private tuition. The whole question of Gabor's future, whether or not he was to be formally adopted into our family, was at this stage "under review". We had till September to pretend we were free. We watched for the couple on their motor-bike. They did not reappear. Somehow the final defeat or destruction of the last remnants of the German army, accomplished that summer, did not compensate for this. But our future advance in status brought with it new liberties. Father, whose face had become more dour (I sometimes wondered if he would be glad or sorry if the authorities decided that he could legally be Gabor's "father"),

nur aus Trotz gegen Vater, dass Gabor auf keinen Fall weinte. Ich begriff, dass an unserem Erlebnis dieses Nachmittags etwas war, das nicht nur Tränen hervorrufen konnte. Gabor senkte wieder den Kopf, aber ich heftete meinen Blick wie ein Hypnotiseur auf seinen schwarzen Schopf, und ab und zu schaute er kurz zu mir auf. Eine gespannte, erwartungsvolle Stille breitete sich am Tisch aus, während meine Eltern weiteraßen und dabei ihre Ellenbogen und Kiefer mechanisch bewegten. Plötzlich sah ich sie so, wie Gabor sie gesehen haben musste – als wären sie gar nicht meine Eltern. Jedesmal, wenn Gabor aufsah, starrte ich ihm beschwörend in die Augen: er durfte nicht weinen, sondern sollte meine Gedanken erraten und meinem Blick folgen, während ich zuerst die schlaffen Wangen meines Vaters und dann den mageren Hals meiner Mutter ansah.

Gabor saß am Fenster. Das Abendlicht war hinter ihm, und er lehnte sich vor, so dass sein kindlicher Schnurrbart deutlich zu sehen war.

Wie zwei Jungen in einer Kirche, die einen Witz nicht unterdrücken können, fingen wir plötzlich an zu lachen.

Ich erfuhr, dass ich in ein Gymnasium aufgenommen worden war. Auch Gabor hatte einen Platz in einer höheren Schule erhalten, aber aufgrund einer behördlichen Panne war es nicht dieselbe. Es wurde veranlasst, dass er weiterhin Privatstunden erhielt. Die Frage, was aus Gabor werden sollte und ob unsere Familie ihn adoptieren konnte, befand sich zu dieser Zeit «im Prüfungsverfahren». Bis September konnten wir noch so tun, als wären wir frei. Wir hielten Ausschau nach dem Paar mit dem Motorrad, aber es kam nicht wieder. Irgendwie war die in diesem Sommer erreichte Vernichtung der Reste der deutschen Armee, ihre endgültige Niederlage, dafür keine Entschädigung. Aber unsere künftige höhere Stellung brachte neue Freiheiten mit sich. Vater, dessen Gesicht verdrießlicher geworden war (ich fragte mich manchmal, ob er froh oder traurig wäre, falls die Behörden entschieden, dass er nun Gabors rechtmäßiger «Vater» werden könne), schlug vor, dass ich ein, zwei

suggested that I might spend a day or two of our holiday showing Gabor round London. I knew this was a sacrifice. We had gone to London before, as a family, to show Gabor the sights. Gabor had trailed sheepishly after my parents, showing a token, dutiful interest. I knew that Father had had a dream once, which he had abandoned now, of taking Gabor by himself up to London, of showing him buildings and monuments, of extending to him his grown man's knowledge of the world, his shrewdness in its ways, of seeing his eyes kindle and warm as to a new-found father.

I took Gabor up on the train to London Bridge. I knew my way about from the times Father had taken me, and was a confident guide. We had fun. We rode on the Underground and on the top decks of buses. In the City and around St Paul's there were bomb-sites with willowherb sprouting in the rubble. We bought ice-creams at the Tower and took each other's photo in Trafalgar Square. We watched Life Guards riding like toys down the Mall. When we got home (not long before Father himself came in from work) Father asked, seeing our contented faces: "Well, and how was the big city?" Gabor replied, with the grave, wise expression he always had when concentrating on his English: "I like London. Iss full history. Iss full history."

Tage unserer Ferien damit verbringen könnte, Gabor London zu zeigen. Ich wusste, dass dies für ihn ein Opfer bedeutete. Wir waren schon früher mit der Familie nach London gefahren, um Gabor die Sehenswürdigkeiten zu zeigen. Gabor war brav hinter meinen Eltern hergetrottet und hatte höfliches Interesse gezeigt. Ich wusste, dass mein Vater einmal die inzwischen begrabene Hoffnung gehegt hatte, selber mit Gabor nach London zu fahren und ihm Gebäude und Denkmäler zu zeigen, ihm etwas von seiner erwachsenen Lebenserfahrung, seiner klugen Weltkenntnis abzugeben und zu sehen, wie Gabors Augen ihn, den neu gefundenen Vater, warm anstrahlten.

Ich fuhr mit Gabor im Zug bis London Bridge. Da Vater mir alles gezeigt hatte, kannte ich mich aus und war ein sicherer Führer. Wir hatten viel Spaß. Wir fuhren in der U-Bahn und auf dem Oberdeck von Bussen. In der City und rund um St. Paul's gab es zerbombte Ruinen, auf deren Schutt Weidenröschen wuchsen. Am Tower kauften wir Eis, und am Trafalgar Square fotografierten wir uns gegenseitig. Wir sahen der königlichen Garde zu, die wie eine Schar Spielzeugsoldaten die Mall hinunterritt. Als wir wieder zu Hause waren, erkundigte sich Vater, der kurz nach uns von der Arbeit gekommen war und unsere zufriedenen Mienen sah: «Na, wie wars in der großen Stadt?» Gabor antwortete mit dem ernsten, nachdenklichen, klugen Gesichtsausdruck, den er immer bekam, wenn er sich auf sein Englisch konzentrierte: «Mir gefällt London. Ist voll Geschichte. Ist voll Geschichte.»

Jonathan Treitel

Stalin, Stalin, and Stalin

The first annual meeting of the Stalin's Doubles (Ret.) Association took place in the banquet chamber of the Great Hall of the Union, Moscow, in the autumn of 1953. An historic occasion. Columns of porphyry and marble flanked the dining space. An electric chandelier bestowed its myriad lights. The long, burnished table was set with gilt-rimmed crystal glasses, stiff napkins monogrammed with the hammer and sickle, and silver caviar dishes. And, of course, occupying one entire wall, looming over us, a larger-than-life full-length portrait of Him.

Since He had passed away only a few months earlier, this was the first opportunity we had to meet one another in a social setting. Some of us, who had worked in the more isolated regions of the country, had never encountered another Stalin before, and indeed it was not rare for an individual to believe he was the unique specimen in existence (apart from the original, that is).

It should be stressed that we were not literally identical in appearance. After all, His image was known only through idealised portraits and touched-up photographs, plus the occasional blurry news film, so no one expected a Stalin in person to resemble the iconic version too exactly. Besides, several of us had already shaved off the moustache and restyled the hair. To take an extreme example, the lone woman present (Stalin XXVII; real name Olga Kirov, from Vladivostok) would scarcely have been recognisable as a former look-alike at all, now that she had ungummed her moustache and gone in for a blonde perm, were it not for a certain squareness about the jaw and coldness in the eyes.

General conversation, first. We mingled. We did our best to work out who was who, and what aspect

Jonathan Treitel
Stalin, Stalin und Stalin

Die erste Jahresversammlung des Verbandes ehemaliger Stalin-Doubles fand im Herbst 1953 im Festsaal der Großen Unionshalle in Moskau statt. Ein historisches Ereignis. Der Bankettraum war von Porphyr- und Marmorsäulen eingerahmt. Ein elektrischer Kronleuchter funkelte tausendfach. Die lange, glänzende Tafel war geschmückt mit goldgeränderten Kristallgläsern, gestärkten Servietten, die mit Hammer und Sichel bestickt waren, und mit silbernen Kaviarschüsseln. Und über uns an einer Wand und deren ganze Fläche einnehmend, hing natürlich ein überlebensgroßes Bildnis von Ihm.

Seit Seinem Dahinscheiden vor wenigen Monaten war dies für uns die erste Gelegenheit, in einem gesellschaftlichen Rahmen zusammenzutreffen. Einige von uns, die in entlegeneren Landesteilen gearbeitet hatten, waren noch nie zuvor einem anderen Stalin begegnet, und es gab sogar einige, die geglaubt hatten, sie selbst seien das einzige Exemplar (außer dem Original natürlich).

Es muss betont werden, dass wir nicht wirklich ganz gleich aussahen. Aber schließlich war Sein Bild ja nur durch idealisierte Porträts, retuschierte Fotografien und gelegentliche unscharfe Wochenschauaufnahmen bekannt, und so erwartete niemand von einem lebendigen Stalin, dass er der bildlichen Version ganz genau glich. Außerdem hatten einige von uns bereits den Schnurrbart abrasiert und die Frisur geändert. Um ein extremes Beispiel zu nennen: die einzige Frau unter den Anwesenden (Stalin XXVII, richtiger Name Olga Kirow aus Wladiwostok) hätte man, nachdem sie den falschen Schnurrbart abgenommen und sich eine blonde Dauerwelle zugelegt hatte, bestimmt nicht für eine ehemalige Doppelgängerin gehalten, wäre da nicht eine gewisse Kantigkeit des Kinns und eine Kälte des Blicks gewesen.

Zunächst wurde geplaudert. Wir gingen umher und bemühten uns herauszufinden, wer wer war und mit wel-

of His life (military, agricultural, penological, etc.) we had each been involved in. Fortunately a course in mnemonic techniques had been an integral part of our training – it is vital for a double to know whom to shake hands with, whom to salute, whom to kiss on both cheeks, whom to stride by without a glance – so we were able to link names to faces without too much difficulty. Amazing little coincidences kept coming to light: for example, Stalin XI had addressed a conference of five-year-plan-surpassing peasants in Tselinograd at precisely the same moment as Stalin III had favoured a similar gathering with his presence in Semipalatinsk!

Time to take our places around the long mahogany table. The organiser of the event, Stalin IV (real name Moshe Segal, from Vitebsk), gave a short speech. He was, it turned out, the only one among us still employed in the old profession. He assured us he was kept busy posing for deathbed scenes, and what with the motherland being perpetually threatened by imperialists and traitors, and given that the succession was disputed between Malenkov and Khrushchev, he had every expectation that the demand for busts, dioramas, and so forth would remain strong for some years to come. While his present work (he conceded) could scarcely be compared with the thrill of standing in for the live Leader, he felt honoured to have been and to continue to be of service, and he was confident we all shared in this emotion. (*Applause.*) It was the logic of history that had brought Stalin to the forefront and it was the logic of history that demanded Stalin should have doubles. (*Loud cheers and unanimous cries of affirmation.*)

We rose to our feet. Vodka was distributed; the carafes were passed always to the left. Glasses were raised. "Comrades. To Him!" The toast was drunk; then, as one man, we hurled the crystal over our

chem Teilbereich Seines Lebens (Militär, Landwirtschaft, Strafvollzug usw.) jeder von uns zu tun gehabt hatte. Glücklicherweise hatte zu unserer Ausbildung auch das Gedächtnistraining gehört – für ein Double ist es ja unerlässlich zu wissen, wem man die Hand zu schütteln, wen man zu grüßen, wen auf beide Wangen zu küssen und an wem man ohne einen Blick vorbeizugehen hat –, und so gelang es uns bald ohne größere Schwierigkeiten, Gesichter und Namen zu verbinden. Immer wieder kamen erstaunliche kleine Zufälligkeiten zutage. Zum Beispiel hatte Stalin XI in Zelinograd vor einer Versammlung von bäuerlichen Übererfüllern des Fünfjahresplans eine Rede gehalten, während Stalin III genau zur selben Zeit eine ähnliche Veranstaltung in Semipalatinsk mit seiner Anwesenheit beehrte!

Dann wurde es Zeit, die Plätze an der langen Mahagonitafel einzunehmen. Der Organisator des Treffens, Stalin VI (richtiger Name Mosche Segal aus Witebsk) hielt eine kurze Ansprache. Er war, wie sich herausstellte, der einzige von uns, der weiter seinen alten Beruf ausübte. Er versicherte uns, dass er mit Totenbett-Szenen noch viel zu tun habe, und angesichts der beständigen Bedrohung der Heimat durch Imperialisten und Verräter und der Streitigkeiten zwischen Malenkow und Chruschtschow wegen der Nachfolge sei er fest davon überzeugt, dass es noch auf Jahre hinaus eine große Nachfrage nach Büsten, Dioramen und dergleichen geben werde. Zwar sei seine jetzige Tätigkeit, räumte er ein, nicht zu vergleichen mit dem Hochgefühl, an der Stelle des lebendigen Führers zu stehen, aber er betrachte es als Ehre, ihm gedient zu haben und dies auch weiter zu tun, und er sei überzeugt, dass wir ebenso dächten. (*Applaus*) So, wie es eine historische Notwendigkeit war, dass Stalin an die Spitze getreten sei, so sei es eine historische Notwendigkeit gewesen, dass er Doubles hatte. (*Lauter Beifall und einmütige Zustimmung*)

Wir erhoben uns. Wodka wurde eingegossen, wobei die Karaffen immer nach links weitergereicht wurden. Man hob die Gläser zu einem Toast. «Genossen! Auf Ihn!» Wir tranken aus und warfen dann wie auf Kommando die kris-

shoulders, and it smashed against the walls and the pillars and littered the floor with iridescent shards.

Now we were more at ease. Each of us in turn narrated: My Most Memorable Experience. The Stalin voice (a raspy Georgian accent) was employed by some, while others preferred to use their everyday voices. And in any case certain doubles had been purely visual, such as Stalin XVI (real name Rahim Muhamadov, from Baku), a simple soul, who knew just a few words of Russian: *Hello. Comrade. Thank you.* In many cases the reminiscences were touching. Stalin V had visited a military hospital in the aftermath of the siege of Leningrad: wounded soldiers had cheered him to high heaven; there had been tears in his eyes. Others partook of the comic. Stalin XXI had been patting a baby in a collective-farm kindergarten near Krasnoyarsk when the baby had turned and bit him on the webby part of his hand between index finger and thumb. He had had to restrain himself from crying out, lest an overzealous bodyguard dispose of the baby and its family. Still others shed a novel light on Him. Few people know, for instance, that throughout the Potsdam Conference He suffered from a painful boil on His back (so Stalin IX informed us), or that (according to Stalin XXII) He sometimes chewed His toothbrush. A handful of Stalins seemed to misunderstand the point of sharing these testimonies. Stalin XV sang a little song about the beauties of the birch forest. Stalin XXX told us how much he loved his wife.

Then the organiser recited: "Ode to Iosif Vissarionovich Dzhugashvili." More toasts were drunk: "To the Party!" "To Malenkov!" "To Khrushchev!" "To History!" The caviar was eaten. Georgian champagne fizzed eloquently. A simple but satisfying meal appeared on the table and was consumed.

tallenen Gläser über die Schulter, so dass sie an den Wänden und Säulen zerbarsten und der Boden mit glitzernden Scherben übersät war.

Nun fühlten wir uns wohler. Nacheinander erzählte jeder sein schönstes Erlebnis. Manche bedienten sich der Stimme Stalins (mit einem rauhen georgischen Tonfall), andere zogen es vor, mit ihrer gewöhnlichen Stimme zu sprechen. Schließlich waren einige ja auch bloß optische Doubles gewesen, zum Beispiel Stalin XVI (richtiger Name Rahim Muhamadow aus Baku), ein schlichter Mensch, der nur wenige Brocken Russisch sprach: *Guten Tag. Genosse. Danke.* Viele dieser Erinnerungen waren bewegend. Stalin V hatte nach der Belagerung von Leningrad ein Feldlazarett besucht, und die verwundeten Soldaten hatten ihm begeistert zugejubelt. Ihm standen Tränen in den Augen. Andere steuerten Heiteres bei. Als Stalin XXI beim Besuch des Kindergartens einer Kolchose bei Krasnojarsk ein kleines Kind tätschelte, biss ihm dieses kleine Kind plötzlich in den Teil seiner Hand zwischen Daumen und Zeigefinger. Er unterdrückte einen Aufschrei, um zu verhindern, dass ein übereifriger Leibwächter das Kind samt seinen Eltern beseitigte. Andere wiederum ließen Ihn in einem neuen Licht erscheinen. So ist es beispielsweise kaum bekannt, dass Er (wie uns Stalin IX mitteilte) zur Zeit der Potsdamer Konferenz unter einem schmerzhaften Geschwür am Rücken litt oder dass Er (Stalin XXII zufolge) gelegentlich auf Seiner Zahnbürste kaute. Der eine oder andere Stalin verstand den Sinn des Austauschs dieser Erinnerungen ganz falsch. Stalin XV sang ein Liedchen über die Schönheit der Birkenwälder, und Stalin XXX erzählte uns, wie sehr er seine Frau liebe.

Anschließend rezitierte der Organisator die «Ode auf Josif Wissarionowitsch Dschugaschwili». Es wurden weitere Toasts ausgebracht: «Auf die Partei!» «Auf Malenkow! «Auf Chruschtschow!» «Auf die Geschichte!» Man verzehrte den Kaviar. Georgischer Sekt sprudelte fröhlich. Eine einfache, aber wohlschmeckende Mahlzeit wurde aufgetragen und verspeist.

And at the end the organiser stood up and declared that though originally this meeting had been planned as a one-time event, since it had been such a roaring success, why should we not come back the following year, and the year after that, and so on *ad infinitum*? (*Resounding applause*.) "His spirit lives on!"

Some of the Stalins who hailed from the more distant republics suggested that the next session should convene outside Moscow. The point was well taken. Where, then? Stalingrad was mooted, as symbolically appropriate. Also proposed were Stalinsk and Stalino. However, the three locations that seemed to command the widest support were the cities known subsequently as Brasov, Varna, and Donetsk, but named at that time, respectively, Stalin, Stalin, and Stalin. After much discussion, it was agreed that we should reconvene the following year in Stalin.

The 1954 meeting was on a smaller and in some ways more intimate scale than the previous year's. The table was round. A plaster bust of Him was arranged as a centrepiece on a bed of dried ferns and thorny foliage. Hardly so many doubles showed up, since the travel distance was prohibitive for some, and others had more pressing engagements. As for those who did come, their resemblance to the original had decreased, partly owing to the ageing process (Stalin XIV had developed alarming jowls, and Stalin XIX was halfway bald) and partly to changes in masculine fashions. But such things are only to be expected: if Stalin Himself were alive today, He would not be so very much like Stalin.

The usual toasts were drunk: "To the Party!" "To Khrushchev!" "To Malenkov!" "To Stalin!" "To History" The lumpfish caviar was much appreciated. The white wine was poured into elegant, slender
glasses. For all the air of bonhomie, however, the 188
meeting was not going with quite the swing of the 189

Gegen Ende erhob sich der Organisator und sagte, ursprünglich habe es ja bei diesem einen Treffen bleiben sollen, aber es sei doch ein solcher Erfolg gewesen – warum sollten wir nicht im folgenden Jahr wieder zusammenkommen und dann im Jahr darauf und so immer weiter? (*Donnernder Beifall*) «Sein Geist lebt fort!»

Einige der Stalins, die aus weiter entfernten Republiken kamen, regten an, das nächste Treffen solle in einer anderen Stadt als Moskau stattfinden. Das leuchtete allen ein. Wo also? Man brachte Stalingrad ins Gespräch, wegen der Symbolik. Auch Stalinsk und Stalino wurden vorgeschlagen. Aber die drei Orte, die die größte Zustimmung fanden, waren die Städte, die später als Brasov, Varna und Donezk bekannt wurden, zu dieser Zeit aber Stalin, Stalin beziehungsweise Stalin hießen. Nach längerer Diskussion wurde beschlossen, dass wir im folgenden Jahr in Stalin wieder zusammenkommen sollten.

Das Treffen von 1954 fand in einem kleineren und in gewisser Hinsicht intimeren Rahmen statt als das des Vorjahres. Die Tafel war rund. In ihrer Mitte stand, auf getrockneten Farn und stachlige Blätter gebettet, eine Gipsbüste von Ihm. Es waren längst nicht mehr so viele Doubles erschienen, denn manchen war die Reise zu weit gewesen und andere mussten wichtige Termine wahrnehmen. Diejenigen, die gekommen waren, sahen dem Original nicht mehr so ähnlich, teils weil sie älter geworden waren (Stalin XIV hatte erschreckend feiste Backen bekommen und Stalin XIX war fast kahl), teils weil sich die Herrenmode geändert hatte. Aber das war nicht anders zu erwarten. Wäre Stalin selbst noch am Leben, dann sähe auch Er nicht mehr ganz wie Stalin aus.

Die üblichen Toasts wurden ausgebracht: «Auf die Partei!» «Auf Chruschtschow!» «Auf Malenkow!» «Auf Stalin!» «Auf die Geschichte!» Man lobte den Kaviar vom Seehasen. Der Weißwein wurde in eleganten, schlanken Gläsern serviert. Aber trotz der gelösten Stimmung fehlte diesem Treffen etwas von dem Schwung des Vorjahres

previous year's – it is always a mistake, arguably, to try to repeat past successes – until Stalin XII (real name Sergei Balin, from Moscow), currently employed as a telephonist at the Institute for Agronomical Development, revealed the outcome of his researches. He explained he had been working on a hunch that Stalin surely could not have been the only statesman to have possessed doubles: he had been undertaking an investigation to contact the stand-ins for other world leaders.

We held our breath. We glanced toward the swinging doors: two butlers stood on duty with grenades in hand. At any moment, we fantasised, a score of Churchills and Roosevelts could march in, recreating the Yalta Conference many times over. Or might there still be some surviving Lenins – even a handful of mock Trotskys hiking in from Siberia?

Balin held up his hand. He regretted that, for all his diligence, he had been unable to find evidence of visual doubles, but – and here he switched on a loudspeaker system connected to the international switchboard – he had on the line a certain Norman Jones from London. Jones came over loud and clear for the most part – just a little crackly sometimes, and accompanied by a strange, watery echo. He greeted us in Russian and then announced that he had been a Churchill in his time. Nothing too grand, mind you – he just used to read speeches on the wireless, and record orations previously given by the real Prime Minister, for subsequent retransmission to the United States and the colonies. He delighted us with a medley of his all-time favourites: "Blood, toil, tears, and sweat," "Some chicken. Some neck," "We shall fight on the beaches," and so forth. His "An iron curtain has descended across the Continent" was perhaps not altogether in the
best of taste … But even those of us who could not 190
understand English were duly impressed by Jones's 191

– es ist immer ein Fehler, etwas Gelungenes wiederholen zu wollen – bis Stalin XII (richtiger Name Sergej Balin aus Moskau), der zu dieser Zeit als Telefonist im Institut für Landwirtschaftsentwicklung arbeitete, die Ergebnisse seiner Nachforschungen bekanntgab. Wie er erklärte, war er der Vermutung nachgegangen, dass Stalin unmöglich der einzige Staatsmann gewesen sein könne, der Doubles hatte. Er hatte deshalb versucht, Verbindung mit den Doppelgängern anderer Weltpolitiker aufzunehmen.

Uns stockte der Atem. Wir sahen hinüber zu den Pendeltüren, wo zwei Butler mit Handgranaten auf Posten standen. Jeden Augenblick, so stellten wir uns vor, konnten ein Dutzend Churchills und Roosevelts hereinspazieren und die Konferenz von Jalta noch einmal und gleich mehrfach inszenieren. Oder gab es womöglich noch ein paar überlebende Lenins – oder gar einige unechte Trotzkis, die aus Sibirien hergetrampt waren?

Balin hob die Hand. Er bedauerte, trotz aller Mühe nichts gefunden zu haben, was auf äußerlich ähnliche Doubles hindeutete, aber – und hier schaltete er ein Lautsprechersystem ein, das mit der Vermittlung für Auslandsgespräche verbunden war – er hatte einen gewissen Norman Jones aus London am Telefon. Jones war im großen und ganzen gut zu verstehen, wenn man von einem gelegentlichen Knakken in der Leitung absieht, das von einer Art Unterwasser-Echo begleitet wurde. Er begrüßte uns auf Russisch und erklärte dann, er sei seinerzeit ein Churchill gewesen. Nichts Großartiges, wohlgemerkt – er trug nur Reden im Radio vor und nahm Ansprachen auf Platte auf, die der richtige Premier zuvor gehalten hatte und die in die Vereinigten Staaten und die Kolonien übertragen werden sollten. Er versetzte uns mit einigen seiner Lieblingsstücke in Entzücken: «Blut, Mühsal, Tränen und Schweiß.» «Was für ein Hühnchen, was für ein Hals!» «Wir werden an den Stränden kämpfen» und so weiter. Sein «Ein eiserner Vorhang hat sich über Europa gesenkt» war vielleicht etwas taktlos... Aber selbst die von uns, die kein Englisch verstanden, waren beeindruckt von Jones' Knurren und Lis-

immaculate growl and lisp, and his virtuoso imitation of the sucking of saliva through false teeth.

And what about the American? Surely Roosevelt, that poor invalid, must have sent in stuntmen to cope with his more pressing engagements? But apparently not. At least no deutero-Roosevelt had so far come to light. Besides, as Stalin VIII (real name Boris Backev, from Kiev) pointed out, if Roosevelt had possessed a double, the President would never have been permitted to "die" at such an inconvenient moment in 1945 – the double would have stood in until the conclusion of the war, at least.

At this suggestion, the same thought ran through all our heads: why did *He* have to die? Surely any one of us in this room could have done a passable job as Chairman of the Party and Leader of the State. We could have carried on the torch. Why, indeed, need He ever die? New generations of doubles could be selected and trained – rendering Him virtually immortal.

The connection from England had been cut, and the wine had run out. It was time for us all to go home.

The third meeting took place in a back room in the regional Party headquarters at Stalin (not the same Stalin as the previous year's location) in October of 1955. Perhaps it had been poorly advertised, or there were difficulties with the hotel reservations, for only a dozen or fifteen doubles showed up. A colour reproduction of Stalin was framed on the wall above the samovar. In some ways, you could say, this was a more friendly, a more confidential occasion. The toasts were repeated several times ('To the Party!' 'To Khrushchev!" "To Stalin!" "To History!'). Caviar was not available this year, but the bortsch was exceptional. Some of the more jovial, not to say rowdy, Stalins participated in an

peln und seiner meisterhaften Nachahmung der Schmatzgeräusche eines Gebissträgers.

Und was war mit dem Amerikaner? Roosevelt, dieser arme Invalide, hatte doch bestimmt Leute beauftragt, ihn bei seinen anstrengenderen Verpflichtungen zu vertreten? Aber anscheinend nicht. Jedenfalls war bisher kein zweiter Roosevelt aufgetaucht. «Im übrigen, so erklärte Stalin VIII (richtiger Name Boris Backew aus Kiew), wenn Roosevelt ein Double gehabt hätte, dann hätte man den Präsidenten 1945 niemals zu einem so ungünstigen Zeitpunkt sterben lassen. Sein Double hätte ihn zumindest bis zum Kriegsende vertreten.

Bei dieser Überlegung ging uns allen derselbe Gedanke durch den Kopf: Warum hatte Er sterben müssen? Jeder der in diesem Raum Anwesenden hätte doch einen ganz passablen Parteivorsitzenden und Staatschef abgeben können. Wir hätten die Fackel weitergetragen. Ja, warum hätte er überhaupt sterben sollen? Neue Generationen von Doubles konnten gefunden und ausgebildet werden – und Ihn praktisch unsterblich machen.

Die Verbindung nach England war abgebrochen und der Wein ausgegangen. Es wurde für uns alle Zeit, nach Hause zu gehen.

Das dritte Treffen fand im Oktober 1955 in einem Hinterzimmer der regionalen Parteizentrale von Stalin statt (einem anderen Stalin als im Jahr zuvor). Vielleicht war es nicht richtig bekanntgemacht worden, oder es hatte Schwierigkeiten mit der Zimmerreservierung gegeben, denn nur zwölf bis fünfzehn Doubles waren erschienen. An der Wand über dem Samowar hing ein gerahmter Farbdruck von Stalin. In mancher Beziehung ging es diesmal, man könnte sagen herzlicher und vertrauter zu. Die Toasts wurden mehrfach ausgebracht («Auf die Partei!» «Auf Chruschtschow!» «Auf Stalin!» «Auf die Geschichte!»). Kaviar gab es in diesem Jahr nicht, aber der Borschtsch war ausgezeichnet. Einige der fideleren, um nicht zu sagen angesäuselten Stalins trugen einen kleinen Wettstreit

informal competition to imitate His facial expressions – the generous smile, the air of concern at the fate of His people, the jolly-worker-just-like-you chuckle, the grim glare. The prize, supplied by Stalin XIII, was a cut-throat razor still clotted with soap and a few bristles from His chin. It was won by Stalin XV, largely on the strength of the almost frightening verisimilitude of his stern stare-into-the-middle-distance.

Stalin XXII (real name Iosif Zaharudov, from Ulan Bator) stood up and cleared his throat. He declared he felt called upon to say a few words lamenting the comparative lack of interest in Stalin among the youth of today. For instance, the heroic acts He performed in His childhood (combating the hoarder, foiling the incipient capitalist, denouncing the spy) are no longer taught to schoolchildren as paradigms of socialist behaviour. Although the spirit of this contribution was in accord with our general thinking, it was felt by many of us that it was perhaps too serious, too melancholy even, for what was, after all, supposed to be a festive occasion.

We departed early.

The 1956 session was the last. We all knew that. Originally, it had been scheduled for September in a police barracks in one of the cities named Stalin, but the city had changed its name the previous month – a bad omen, surely – and, besides, the prospective attendance was down.

So on a wintry October evening we came, less than ten of us, up the three flights of stairs and along the narrow corridor into the cramped living room of Stalin IV's apartment in a Moscow suburb. We sat on the acid-green sofa and on rickety kitchen chairs; a few latecomers had to slump on the rug. A black-and-white photograph of Stalin was stapled to the side of the bookcase.

im Nachahmen Seiner Mimik aus – des wohlwollenden Lächelns, der sorgenvollen Miene angesichts des Schicksals Seines Volkes, des kumpelhaften Wir-Arbeiter-unter-uns-Schmunzelns, des finsteren Blicks. Der Preis, den Stalin XIII stiftete, war ein Rasiermesser, an dem noch Rasierschaum und Stoppeln von Seinem Kinn hingen. Sieger wurde Stalin XV, hauptsächlich wegen der geradezu beängstigenden Echtheit seines düsteren Blicks in die Ferne.

Stalin XXII (richtiger Name Josif Sacharudow aus Ulan Bator) stand auf und räusperte sich. Er habe das Bedürfnis, erklärte er, einige Worte des Bedauerns über das geringe Interesse der heutigen Jugend an Stalin zu sagen. Beispielsweise würden die Heldentaten, die Er in Seiner Kindheit vollbrachte (Bekämpfung eines Wucherers, Schlag gegen einen Jungkapitalisten, Enttarnung eines Spions), den Schulkindern nicht mehr als Musterbeispiele sozialistischen Verhaltens beigebracht. Dieser Beitrag entsprach zwar dem, was wir alle dachten, aber viele von uns fanden, dass er doch etwas zu ernst, ja sogar bedrückend war für diesen doch eher festlichen Anlass.

Wir reisten bald ab.

Die Zusammenkunft 1956 war die letzte. Wir alle wussten das. Ursprünglich hatte sie im September in einer Polizeikaserne in einer der Städte namens Stalin stattfinden sollen, doch einen Monat vorher änderte die Stadt ihren Namen, was ja schon ein schlechtes Omen war, und außerdem war nur mit geringer Teilnahme zu rechnen.

So waren wir nicht einmal zu zehnt, als wir uns an einem winterlichen Oktoberabend in einem Moskauer Vorort drei Treppen hinauf und durch einen schmalen Gang in das enge Wohnzimmer von Stalin IV begaben. Wir saßen auf dem giftgrünen Sofa und auf wackligen Küchenstühlen, und ein paar Nachzügler mussten sich auf den Boden setzen. Ein Schwarzweiß-Foto Stalins war mit Reißzwecken am Bücherregal befestigt.

What had happened was that in February Khrushchev had denounced Stalin's "crimes" in the course of a long, fiery speech at a closed session of the Twentieth Party Congress. To be sure, this speech had officially remained secret, but everybody knew.

No one wanted to be the first to break the silence. Eventually Stalin IV, who had arranged the first triumphal meeting of our association three years earlier, mumbled, "I never said He was perfect." And we all agreed that everybody is human, and mistakes will happen, and no doubt even He made the occasional error of judgement.

Stalin XII recalled that he had delivered a fiery speech in court denouncing Sirin as a Trotskyite agent, and probably Sirin was innocent after all. Well, it is easy to be wise in retrospect.

And each of us had similar anecdotes. Stalin VI had played his part in several show trials of officers in the vicinity of Vladivostok in 1937-38, knowing full well they could not *all* have been Japanese spies, monarchists, sodomites, and so forth.

Stalin XXX, who had told us three years before how much he loved his wife, had had to denounce his father-in-law.

Stalin XVII had even been responsible for the arrest of another double (Stalin XVIII [deceased]) as a Zinovievite deviationist.

In fact, not one of us could claim to have doubled for only the better side of Stalin's personality. We all were tainted. But it is not as if (we argued) we were individually responsible. Doubtless, had we been acting *in propriis personis,* we would not have dreamed of behaving so brutally, but we had simply been doing what Stalin himself would have done, had He been able to spare the time.

But was that really the whole story? Stalin VI

Dazu muss man wissen, dass Chruschtschow im Februar während einer nichtöffentlichen Sitzung des Zwanzigsten Parteitages in einer langen, leidenschaftlichen Rede die «Verbrechen» Stalins verurteilt hatte. Natürlich wurde diese Rede offiziell geheim gehalten, aber alle wussten davon.

Keiner wollte als erster das Schweigen brechen. Es war Stalin IV, der drei Jahre zuvor das erste triumphale Treffen unserer Vereinigung organisiert hatte, der schließlich murmelte: «Ich habe ja nie behauptet, Er sei vollkommen gewesen.» Alle bestätigten, dass wir nur Menschen sind, dass Fehler sich nicht vermeiden lassen und dass auch Er sich hier und da sicherlich einmal geirrt habe.

Stalin XII erinnerte sich, vor Gericht eine feurige Rede gehalten zu haben, in der er Schirin als trotzkistischen Agenten denunzierte, obwohl Schirin wahrscheinlich völlig unschuldig war. Nun, hinterher ist man immer klüger.

Jeder von uns konnte ähnliche Anekdoten erzählen. Stalin VI war in mehreren Schauprozessen gegen Offiziere, die 1937-38 in der Nähe von Wladiwostok stattfanden, aufgetreten, während er genau wusste, dass sie unmöglich alle japanische Spione, Monarchisten, Sodomiten und so weiter gewesen sein konnten.

Stalin XXX, der uns vor drei Jahren gesagt hatte, wie sehr er seine Frau liebe, hatte seinen Schwiegervater denunzieren müssen.

Stalin XVII war sogar dafür verantwortlich, dass ein anderes Double (Stalin XVIII [verstorben,) als Abweichler und Anhänger Sinowjews verhaftet wurde.

Im Grunde konnte keiner von uns behaupten, nur die guten Eigenschaften Stalins gedoubelt zu haben. Wir hatten alle Dreck am Stecken. Aber das hieß ja nicht, so verteidigten wir uns, dass wir persönlich verantwortlich waren. Hätten wir im eigenen Namen gehandelt, dann wäre es uns doch im Traum nicht eingefallen, uns so brutal zu verhalten. Wir hatten eben nur getan, was Stalin selbst getan hätte, wenn Er dazu die Zeit gehabt hätte.

Aber war das wirklich die ganze Geschichte? Stalin VI

recalled how several times, when he had been given only the vaguest instructions – for example, to attend a show trial and give the usual kind of testimony – he had fulminated viciously against the defendant, whereas, in fact, a milder reproof might well have been acceptable. And each of us could think of similar instances from his own experience. Indeed, looking back, we realised we had been given quite a free hand in the construction of the role, and possibly we had exaggerated the bloodthirstiness.

In fact, on reflection, we doubles had been responsible for a number of the more tragic aspects of that sorry era. It might have been that Stalin Himself was reasonably gentle. If only we had not misunderstood!

The bottle of vodka had rolled under the sofa, so it had to be kicked into the open. Shots were poured into glasses and cups and tooth mugs and bowls. Nobody felt like toasting Stalin or Khrushchev or the Party. Finally somebody blurted, "To History!" and we all drank to that.

erinnerte sich, bei mehreren Gelegenheiten, als er nur einen ganz vagen Auftrag hatte (beispielsweise zu einem Schauprozess zu gehen und die üblichen Aussagen zu machen), den Angeklagten wild beschimpft zu haben, während eine mildere Kritik eigentlich ausgereicht hätte. Und jedem von uns fielen ähnliche Beispiele aus der eigenen Vergangenheit ein. Im Nachhinein wurde uns sogar klar, dass man uns ziemlich freie Hand bei der Ausgestaltung der Rolle gelassen hatte und dass wir es mit der Blutgier möglicherweise übertrieben hatten.

Wenn man es sich genauer überlegte, waren wir Doubles sogar für einige der besonders tragischen Auswüchse dieser traurigen Ära verantwortlich. Möglicherweise war Stalin selbst verhältnismäßig sanftmütig. Hätten wir doch nur nicht alles so falsch verstanden!

Die Wodkaflasche war unter das Sofa gerollt und musste mit einem Fußtritt hervorgeholt werden. Jeder bekam einen Schluck eingegossen, in Gläser, Tassen, Zahnputzbecher und Schalen. Keinem war danach zumute, auf Stalin oder Chruschtschow oder die Partei anzustoßen. Schließlich lallte einer «Auf die Geschichte!» und darauf tranken wir alle.

Fay Weldon
Sharon Loves Darren

"Sharon," said Nurse Emily Fitt, patiently, "now, Sharon, if you don't swallow this tube, you will die."

"Want to die," said Sharon. And then she called her lover's name aloud, so that the sound bounced back from pale-green walls, up and down the casualty cubicles, softened by stacked cardboard boxes (labelled "Cardiac Infibulation', or "Tracheotomy", or "Paediatric Artery" or whatever) but sharpened by racks of stainless steel, upon which were stacked instruments for the cutting and closing of human flesh.

"Darren! Oh Darren, save me!"

"Look," said Nurse Emily Fitt, who wore a badge claiming "a legend in her time" on her tidy uniform, and whose face was neat and intelligent and composed – she was all of twenty-four – "Look Sharon, just swallow this tube or you'll go into liver failure and die. Do you understand?" But all Sharon did was shriek for Darren again and then clamp her mouth shut against the intrusive poking pale-yellow tube. Sharon was seventeen. She wore laddered black tights and a bra. They'd stripped her of everything else. She'd drunk a bottle of sherry, a bottle of whisky and a bottle of wine during the course of the evening, and taken twenty-five paracetamol tablets, a whole bottleful, for love of Darren, who had taken Debbie to the cinema instead of her.

Darren was nineteen, and sitting out in the waiting room, reading the sports page of last Saturday's *Sun*. I'd noticed him earlier when I took my turn to wait for attention. He had acne and cropped pale-
reddish hair. What he thought it was impossible
to tell. He did not stir. If Sharon's voice had reached

Fay Weldon
Sharon liebt Darren

«Sharon», sagte Schwester Emily Fitt geduldig, «Sharon, wenn du jetzt nicht diesen Schlauch schluckst, stirbst du.»

«Ich will sterben», sagte Sharon. Dann rief sie laut den Namen ihres Liebsten, so dass er von den blassgrünen Wänden zurück hallte, an den Notaufnahmekabinen hinauf und herunter, gedämpft durch gestapelte Pappkartons (die beschriftet waren mit «Kardioinfibulation», «Tracheotomie» und «pädiatrische Arterie» oder dergleichen), aber gleichzeitig verstärkt durch Edelstahlgestelle, auf denen Instrumente zum Aufschneiden und Verschließen menschlichen Fleisches aufgehäuft waren.

«Darren! Oh Darren, rette mich!»

«Pass auf», sagte Schwester Emily Fitt, die auf ihrer Tracht eine Anstecknadel trug, die sie als «lebende Legende» bezeichnete, und die ein hübsches, intelligentes und beherrschtes Gesicht hatte – sie war schon vierundzwanzig –, «pass auf, Sharon, schluck jetzt diesen Schlauch, sonst versagt deine Leber und du stirbst. Verstehst du?» Doch Sharon schrie nur wieder nach Darren und hielt ihren Mund vor dem aufdringlich stochernden blassgelben Schlauch fest verschlossen. Sharon war siebzehn. Sie trug schwarze Strumpfhosen mit Laufmaschen und einen BH. Alles andere hatte man ihr ausgezogen. Sie hatte im Laufe des Abends eine Flasche Sherry, eine Flasche Whisky und eine Flasche Wein getrunken und fünfundzwanzig Paracetamoltabletten geschluckt, eine ganze Packung, aus Liebe zu Darren, der mit Debbie ins Kino gegangen war statt mit ihr.

Darren war neunzehn und saß draußen im Wartezimmer, wo er die Sportseite der *Sun* vom vergangenen Samstag las. Ich hatte ihn dort bemerkt, als ich selbst darauf wartete, ärztlich versorgt zu werden. Er hatte Akne und kurzgeschorenes rotblondes Haar. Es war unmöglich zu sagen, was er dachte. Er rührte sich nicht. Falls Sharons Stimme

him he was deaf to it. Or perhaps it just bored him. He'd heard it too often.

"Sharon," said Nurse Fitt, "we want to help you but if you don't make an effort yourself we can't."

I lay in the next cubicle, in no urgent medical need, and listened. The curtains between us were open. Sharon went into fits of bitter weeping. "Oh Darren, Darren, my heart is breaking." I believed her. I'd cried like that myself, in my time.

Sister Radice, all bosom and big dark eyes, fetched me a cup of tea. I was privileged. I had responded to medical treatment and could now be sent home. I was waiting to be fetched. "These girls," she murmured, "they don't know how dangerous paracetamol is. They take it by the handful. We do our best but sometimes they don't make it. I blame the drug companies."

"Oh, Darren, Darren," cried Sharon, lovesick Sharon, and tears came to my own eyes.

"I want to go to the loo," yelled Sharon, suddenly, furiously, like the spoilt and naughty child she was.

"Not yet, not yet," said she who was a legend in her own time, "it can wait. Just swallow the tube."

"It can't wait," said her patient nastily. "What am I supposed to do, wet my pants?"

"Better than dying," said Nurse Emily, but Sharon didn't agree.

"Leave me alone," Sharon begged, "leave me to die."

"Look," said Nurse Emily, who was little more than a child herself, but at least was sensible, "if you die your parents will go mad."

"They're mad already," said Sharon, cunningly. "They hate Darren anyway."

"Not surprised," muttered Emily Fitt. "So do I." 202

Sharon's sick soaked into a newspaper on the 203

ihn erreicht haben sollte, war er taub für sie. Vielleicht langweilte sie ihn auch nur. Er hatte sie zu oft gehört.

«Sharon», sagte Schwester Fitt, «wir wollen dir helfen, aber wenn du nicht mitmachst, wird es nichts.»

Ich lag in der Kabine nebenan, und da ich kein dringender Fall war, hörte ich zu. Die Vorhänge zwischen uns waren offen. Sharon brach immer wieder in heftiges Schluchzen aus. «Oh Darren, Darren, mein Herz bricht.» Ich glaubte ihr. Ich hatte zu meiner Zeit genauso geweint.

Schwester Radice, die nur aus Busen und großen dunklen Augen zu bestehen schien, brachte mir eine Tasse Tee. Ich war bevorzugt. Die ärztliche Behandlung hatte geholfen, so dass ich nach Hause gehen konnte. Ich wartete darauf, abgeholt zu werden. «Diese Mädchen», murmelte sie, «sie wissen gar nicht, wie gefährlich Paracetamol ist. Sie schlucken gleich eine ganze Handvoll. Wir tun unser bestes, aber manchmal schaffen sie es nicht. Ich gebe den Pharmakonzernen die Schuld.»

«Oh Darren, Darren», jammerte Sharon, die liebeskranke Sharon, und mir kamen die Tränen.

«Ich muss aufs Klo», schrie Sharon plötzlich gellend und wild wie ein verwöhntes und ungezogenes Kind, das sie ja auch war.

«Noch nicht, noch nicht», sagte die ‹lebende Legende›, «das kann warten. Schluck erst mal diesen Schlauch.»

«Es kann nicht warten», sagte ihre Patientin patzig. «Soll ich mir etwa in die Hosen machen?»

«Besser als sterben», sagte Schwester Emily, aber Sharon stimmte ihr nicht zu.

«Lasst mich in Ruhe», bat Sharon, «lasst mich sterben.»

«Hör mal», sagte Schwester Emily, die selber fast noch ein Kind, aber immerhin vernünftig war. «Wenn du stirbst, werden deine Eltern durchdrehen.»

«Sie sind schon durchgedreht», konterte Sharon. «Sie können Darren sowieso nicht leiden.»

«Kein Wunder», murmelte Emily Fitt. «Ich auch nicht.»

Sharons Erbrochenes versickerte in einer Zeitung, die

floor. They'd made her vomit when the ambulance came in; given her an emetic before she'd had time to protest. The young doctor (Dr Angus Love, according to his lapel badge, but how could one be sure? Perhaps they made their names up?) had poked through the mess, fish and chips swirling round in sherry, whisky and wine, but only found four paracetamol tablets, half-disintegrated, which meant there were another twenty-one left inside her. She'd have to be stomach-pumped, but a conscious patient, when it comes to it, is more difficult than one in a coma. He'd left the job to Emily. He was busy. Everyone was.

"I say," said Sharon, plaintively, between shrieks and sobs. "I feel rather sick."

"I expect you do," said Emily Fitt. "Sick to death. Swallow the tube!"

"You want to hurt me."

"We don't want to hurt you. Why should we want to hurt you?"

"Because you don't like me," said Sharon, acutely. "Because I love Darren! Darren, save me! Let me see Darren. Please, let me see Darren."

"No," said Nurse Emily Fitt, and the department filled again with the sound of Sharon's noisy distress, and Sharon's furious little laddered and holed foot banged against the partition wall and saline drips everywhere trembled and faltered, and heart monitors, over-sensitive, gave perfectly absurd readings.

"I love Darren. I want to die for Darren!" cried Sharon.

"Just shut up, will you," said Nurse Emily. "If you think I haven't better things to do than look after you, you're mistaken. There are children in casualty. You're scaring them to death carrying on like this. You don't want to frighten little children, do you?"

am Boden lag. Man hatte sie dazu gebracht, sich zu übergeben, als der Krankenwagen angekommen war. Ihr war ein Brechmittel gegeben worden, bevor sie Zeit hatte, sich dagegen zu wehren. Der junge Arzt (seinem Namensschild zufolge Dr. Angus Love, aber konnte man da sicher sein? Vielleicht erfanden sie ihre Namen?) hatte den Schlamassel untersucht, Fisch und Fritten, die in Sherry, Whisky und Wein herumschwammen. Er fand aber nur vier halb aufgelöste Paracetamoltabletten, was bedeutete, dass sie noch weitere einundzwanzig in sich hatte. Man musste ihr den Magen auspumpen, aber das ist bei einem Patienten, der bei Bewusstsein ist, schwieriger als bei einem, der im Koma liegt. Er überließ diese Aufgabe Emily. Er war sehr beschäftigt. Alle waren das.

«Oh Mann», sagte Sharon kläglich zwischen Schreien und Schluchzern. «Mir ist so übel.»

«Das kann ich mir denken», sagte Emily Fitt. «Sterbensübel. Schluck den Schlauch runter.»

«Ihr wollt mir wehtun.»

«Wir wollen dir nicht wehtun. Warum sollten wir dir wehtun wollen?»

«Weil ihr mich nicht mögt», sagte Sharon scharfsichtig. «Weil ich Darren liebe. Darren, rette mich! Lasst mich Darren sehen. Bitte, lasst mich Darren sehen.»

«Nein», sagte Schwester Emily Fitt, und wieder erfüllte Sharons lauter Kummer die Station, und Sharons kleiner Fuß mit löcherigen Laufmaschen trat wütend gegen die Trennwand, so dass überall die Infusionsflaschen mit Kochsalzlösung schwankten und die hochempfindlichen Herzmonitore völlig widersinnige Angaben machten.

«Ich liebe Darren. Ich will wegen Darren sterben!» schrie Sharon.

«Jetzt sei endlich still!» sagte Schwester Emily. «Wenn du denkst, ich hätte nichts besseres zu tun, als mich um dich zu kümmern, liegst du falsch. Es sind Kinder in der Notaufnahme. Du erschreckst sie zu Tode, wenn du dich so aufführst. Du willst doch keine kleinen Kinder erschrecken, oder?»

"I love Darren," shrieked Sharon. "Fetch me Darren, you bitch!"

"Swallow the tube."

"No. Won't."

"Die then," said Nurse Emily Fitt, and she went off to attend to a heart attack (or so he feared) and a young woman with an abscess on her Fallopian tube (or so she said, and she was certainly grim and white with pain and would swallow anything at all, even poison, to put a stop to it). I was formally discharged.

"Goodbye," said Nurse Emily Fitt, cheerfully, escorting me to the door.

"Look," I said, "tell her if she dies Debbie will get Darren."

"That's an idea," said Nurse Emily, but I didn't think she was going to go back and say any such thing. I had a feeling that if young Dr Love didn't return quite promptly from the broken back (I'd heard them. Mother of three, drunk, backwards out of a first-floor window. The doctor, slowly and clearly: "Mrs Able, do you understand? Try to listen. You are in hospital. You fell out of a window and have broken your back. We are admitting you") to look in on Sharon, she would simply go into liver failure and die, and Nurse Emily would be busy elsewhere, and Sister Radice would break the news to Darren, who would look up from the sports page and be quite astonished, if so strong an emotion were available to him, which I rather doubted, at what could happen if you took Debbie to the cinema one Sunday night, instead of Sharon.

«Ich liebe Darren», schluchzte Sharon. «Hol mir Darren her, du blöde Kuh.»

«Schluck den Schlauch.»

«Nein. Mach ich nicht.»

«Dann stirb halt», sagte Schwester Emily Fitt und ging weg, um sich um einen Fall von (wie er befürchtete) Herzinfarkt zu kümmern und um eine junge Frau mit einem Eileiterabszess (wie sie behauptete, und ihr Gesicht war wirklich verzerrt und bleich vor Schmerzen; und sie würde alles schlucken, sogar Gift, damit diese endlich aufhörten). Ich wurde entlassen.

«Auf Wiedersehen», sagte Schwester Emily Fitt fröhlich und begleitete mich zur Tür.

«Hören Sie», sagte ich, «erklären Sie ihr doch, dass Debbie Darren kriegt, wenn sie stirbt.»

«Eine gute Idee», sagte Schwester Emily, aber ich glaubte nicht, dass sie wieder hingehen und so etwas sagen würde. Dabei hatte ich das Gefühl, wenn der junge Dr. Love nicht bald von dem gebrochenen Rückgrat zurückkehrte (ich hatte es gehört: Mutter von drei Kindern, betrunken, rückwärts aus einem Fenster im ersten Stock. Der Arzt, langsam und deutlich: «Mrs. Able, verstehen Sie? Versuchen Sie, zuzuhören. Sie sind im Krankenhaus. Sie sind aus einem Fenster gestürzt und haben sich das Rückgrat gebrochen. Wir nehmen Sie auf.»), um nach Sharon zu sehen, würde sie einfach an Leberversagen sterben, und Schwester Emily wäre anderswo beschäftigt, und Schwester Radice würde Darren die Nachricht überbringen. Er würde von seiner Sportseite aufblicken und, falls er eines so starken Gefühls fähig sein sollte, was ich eher bezweifelte, ziemlich erstaunt sein, was alles passieren kann, wenn man an einem Sonntagabend mit Debbie statt mit Sharon ins Kino geht.

Anmerkungen

zu Barnes

Seite 8, Zeile 6 *dragons* – Diesen Namen sollen die französischen Dragoner erhalten haben, weil sie anfangs in ihrer Fahne einen Drachen (*dragon*) führten.

Seite 8, Zeile 17 *Edict* – Das Edikt von Nantes (1598) bestätigte das katholische Bekenntnis als Staatsreligion, gewährte aber den französischen Protestanten Religions-, Gewissens- und örtlich beschränkte Kultfreiheit. Nachdem das Edikt 1685 widerrufen wurde, kam es zu einer blutigen Verfolgung der Hugenotten, u. a. im Cevennenkrieg (1701-04), der gegen die Reformierten der südfranzösischen Cevennen und des Languedoc, die sogenannten Kamisarden geführt wurde.

Seite 34, Zeile 5 v. u. *Cromwell* – Der Puritaner Oliver Cromwell (1599 – 1658) war nach der Hinrichtung König Karls I. und der Bildung eines republikanischen Commonwealth of England Haupt des Staatsrates und autokratischer Lord-Protektor. Einen Aufstand der katholischen Iren schlug er 1649 blutig nieder.

zu Byatt

Seite 40, Titel *Medusa* – In der griechischen Mythologie eine der Gorgonen, Inbegriff des Schrecklichen. Perseus schlägt ihr abgewandten Gesichts das Haupt ab, da ihr Anblick versteinert. In der bildenden Kunst trägt das Haupt der Medusa oft Schlangen anstelle der Haare.

Seite 40, Zeile 7 v. u. *Matisse* – Henri Matisse (1869 – 1954), französischer Maler und Graphiker, Mittelpunkt einer Gruppe von Malern, die als Fauvisten bekannt wurden.

Seite 56, Zeile 9/8 v. u. *Go counters* – Go ist ein japanisches Brettspiel, das mit weißen und schwarzen Steinen gespielt wird.

zu Carter

Seite 74, Textzeile 20 *Tamburlaine* – deutsch Tamerlan oder Timur (1336 – 1405), asiatischer Eroberer aus mongoli-

schem Häuptlingsgeschlecht; zentrale Gestalt verschiedener Opern, Romane und Dramen (vgl. Christopher Marlowes *Tamburlaine the Great*, 1590), in denen er bald als Inbegriff orientalischer Grausamkeit, bald als glühender Liebhaber dargestellt wird.

Seite 76, Zeile 9 v. u. *arum lily* – Pflanze aus der Familie der Aronstabgewächse, deutsch Calla oder Drachenwurz. Für die Übersetzung wurde das bekanntere Wort «Lilie» gewählt, um deutlich zu machen, dass es sich um eine Blume handelt.

Seite 78, Zeile 1 *Scheherezahde* – Die Märchenerzählerin in *Tausendundeiner Nacht*.

zu Ishiguro

Seite 84, Zeile 6/7 *Chou En-lai* – Chinesischer kommunistischer Politiker (1898 – 1976), erster Ministerpräsident der 1949 gegründeten Volksrepublik China.

zu Rushdie

Seite 120, Textzeile 14 *antimony* – Mineral, das im Orient zum Schwarzfärben der Augenbrauen und Wimpern benutzt wird.

Seite 120, Zeile 19 *lala* – Dienstbote, Angestellter, Pförtner.

Seite 122, Zeile 9 *pakora* – Würzige Speise aus gehacktem Gemüse, das in einem Teigmantel fritiert wird.

Seite 128, Zeile 3 v. u. *pukka* – hier: echt, gut, zuverlässig.

Seite 130, Zeile 13 *babuji* – Anrede für einen älteren Mann, von Hindi babu «Vater».

Seite 134, Zeile 6 v. u. *ayah* – Kindermädchen.

zu Simpson

Seite 142, Zeile 15 *Celadon* – In den französischen Schäferspielen des 17. und 18. Jahrhunderts häufiger Name für den jungen Helden.

zu Swift

Seite 162, Zeile 3 v. u. *Möhne Dam* – Die Mauer der im Ruhrgebiet gelegenen Möhnetalsperre wurde im Mai 1943 von britischen Bombern zerstört.

Seite 170, Zeile 8 v. u. *Menjünk! Megvárj!* – (ungarisch) Komm! Warte!

Seite 174, Zeile 17 *Mi az? Mit csinálnak?* – (ungarisch) Was ist da los? Was machen die da?

Julian Barnes (*1949) hat bisher sieben Romane geschrieben, darunter *Metroland* (1981), *Flaubert's Parrot* (1984) und *A History of the World in 10½ Chapters* (1989), die ins Deutsche und in mehr als zwanzig andere Sprachen übersetzt worden sind. 1996 erschien ein Band mit Kurzgeschichten, *Cross Channel*, in dem auch die Erzählung «Dragons» abgedruckt ist. Barnes, von dem außerdem unter dem Pseudonym Dan Kavanagh vier Kriminalromane erschienen sind, hat mehrere internationale Auszeichnungen erhalten, darunter den Booker Prize, den Prix Médicis und den Prix Fémina. 1988 wurde er zum Chevalier de l'Ordre des Arts et des Lettres ernannt. Lizenz durch Intercontinental Literary Agency, London. Rechte an der Übersetzung: dtv.

A. S. Byatt (*1940) war Dozentin für englische und amerikanische Literatur, zuerst an der Central School of Art and Design und später am University College London, bevor sie sich ganz der Schriftstellerei widmete. Ihr erster Roman, *The Shadow of a Sun*, erschien 1964. Es folgten *The Game* (1967), *The Virgin in the Garden* (1978), *Still Life* (1985), *Possession* (1990, mit dem Booker Prize ausgezeichnet), *Angels and Insects* (1992) und *Babel Tower* (1996). Außerdem hat sie drei Bände mit Erzählungen veröffentlicht, *Sugar and Other Stories* (1987), *The Matisse Stories* (1993), zu denen auch «Medusa's Feet» gehört, und *The Djinn in the Nightingale's Eye* (1994). Mehrere ihrer Bücher sind ins Deutsche übersetzt worden. Lizenz durch Intercontinental Literary Agency, London. Rechte an der Übersetzung: dtv.

Angela Carter (1940 – 1992), lehrte an mehreren Universitäten in England, den USA und Australien «Creative Writing». Zu ihren Romanen, die teilweise auch auf Deutsch vorliegen, gehören *The Magic Toyshop* (1967), *The Infernal Desire Machines of Dr Hoffman* (1972), *Nights at the Circus* (1984) und *Wise Children* (1991). Daneben hat sie drei Kurzgeschichtenbände herausgebracht, *Fireworks*

(1974), *The Bloody Chamber* (1979) und *Black Venus* (1985), dem «The Kiss» entnommen ist. Angela Carter, die auch Hörspiele und Drehbücher geschrieben hat und journalistisch tätig war, hat darüber hinaus viel beachtete Beiträge zur Feminismus-Debatte in Großbritannien geleistet, u.a. mit *The Sadeian Woman* (1979). Copyright 1977, 1985 by Angela Carter. Veröffentlicht mit Genehmigung Nr. 55922 der Paul & Peter Fritz AG in Zürich.

Kazuo Ishiguro (*1954) wurde in Nagasaki geboren, kam aber schon mit sechs Jahren nach England, wo er zur Schule ging und studierte. Mit seinen Romanen *A Pale View of Hills* (1981), *An Artist of the Floating World* (1986), *The Remains of the Day* (1989, mit dem Booker Prize ausgezeichnet) und *The Unconsoled* (1995) hat er sich einen Platz unter den besten der jüngeren britischen Autoren erworben. Copyright 1982 by Kazuo Ishiguro. Veröffentlicht mit der Genehmigung Nr. 55584 der Paul & Peter Fritz AG in Zürich.

Penelope Lively wurde 1933 in Kairo geboren und verbrachte ihre Kindheit in Ägypten. Später besuchte sie eine Internatsschule in England und studierte anschließend in Oxford Geschichte. Sie hat zehn Romane für Erwachsene geschrieben und rund zwanzig Romane und Kurzgeschichtenbände für Kinder. Für ihre schriftstellerische Arbeit hat sie mehrere Auszeichnungen erhalten. Zu den Romanen, die häufig um das Thema von Geschichte und Erinnerung und die Unzuverlässigkeit historischer Zeugnisse kreisen, gehören *Treasures of Time* (1979), *Next to Nature, Art* (1982), *Moon Tiger* (1986), *City of the Mind* (1991), *Cleopatra's Sister* (1994) und *Heatwave* (1996). 1986 erschien eine Sammlung ihrer Kurzgeschichten unter dem Titel *Pack of Cards*. Lizenz durch Mohrbooks, Zürich. Rechte an der Übersetzung von Isabella Nadolny: dtv.

Salman Rushdie (*1947) stammt aus Bombay und studierte in Cambridge. Sein zweiter Roman, *Midnight's Children* (1981), erhielt den Booker Prize und machte ihn in kurzer

Zeit berühmt. 1983 erschien *Shame.* Mit *The Satanic Verses* (1988) löste er eine weltweite Kontroverse aus, die in der Verhängung des Todesurteils durch den islamischen Religionsführer Ayatollah Khomeini gipfelte. Seither ist Rushdie gezwungen, ein Leben im Verborgenen zu führen. Als Schriftsteller ist er dennoch nicht verstummt: 1990 erschien das Märchen *Haroun and the Sea of Stories*, 1995 der Roman *The Moor's Last Sigh* sowie der Erzählungsband *East, West,* in dem auch «Good Advice is Rarer than Rubies» steht. Lizenz für den Abdruck des Originaltextes von Random House UK Ltd, London. Lizenz für den Abdruck der Übersetzung von Gisela Stege vom Kindler Verlag, München ©1995.

Helen Simpson war einige Jahre lang als Journalistin tätig und schreibt auch jetzt noch für verschiedene Zeitschriften. Für ihren ersten Band mit Erzählungen, *Four Bare Legs in a Bed* (1990), dem die Geschichte «Good Friday, 1663» entnommen ist, erhielt sie den Somerset Maugham Award und von der Sunday Times die Auszeichnung als beste Nachwuchsautorin des Jahres. Ein zweiter Band mit Kurzgeschichten, *Dear George*, kam 1995 heraus. Lizenz durch Intercontinental Literary Agency, London. Rechte an der Übersetzung: dtv.

Graham Swift (*1949), der nach dem Studium eine Zeitlang als Lehrer arbeitete, hat bislang sechs Romane geschrieben: *The Sweet-Shop Owner* (1980), *Shuttlecock* (1981, Geoffrey Faber Memorial Prize), *Waterland* (1983, für den er mehrere Preise erhielt), *Out of this World* (1988), *Ever After* (1992) und *Last Orders* (1996, mit dem Booker Prize ausgezeichnet). Seine Kurzgeschichtensammlung *Learning to Swim*, in der «Gabor» steht, erschien 1982. Swifts Werke sind in zwei Dutzend Sprachen übersetzt worden. Lizenz durch A.P. Watt Ltd., London.

Jonathan Treitel (*1959) studierte Physik und Philosophie. Er ist viel gereist und hat abwechselnd in London, San Fran-

cisco, New York, Paris, Jerusalem und Tokio gelebt. Seine Kurzgeschichten sind in der Zeitschrift *The New Yoker* und in verschiedenen britischen Zeitschriften und Anthologien erschienen und von der BBC gesendet worden. 1992 veröffentlichte er den Roman *Red Cabbage*. Lizenz vom Autor. Rechte an der Übersetzung: dtv.

FAY WELDON (*1933) wuchs in Neuseeland auf und studierte an der schottischen Universität von St. Andrews Wirtschaftswissenschaften und Psychologie. Zum Schreiben kam sie erst nach einer längeren Zeit in unterschiedlichen Berufen. Inzwischen hat sie zahlreiche Romane geschrieben, von denen die meisten auch auf Deutsch vorliegen, darunter *Praxis* (1978), *Puffball* (1980), *The Life and Loves of a She-Devil* (1984), *The Cloning of Joanna May, Darcy's Utopia* und *Growing Rich*. Ihre Kurzgeschichten sind bisher in drei Sammlungen erschienen, *Watching Me, Watching You* (1981), *Polaris* (1985) und *Moon Over Minneapolis* (1991).

Ein Verzeichnis aller Bände der Reihe dtv zweisprachig wird auf Wunsch vom Verlag zugesandt.

Deutscher Taschenbuch Verlag,
Friedrichstraße 1 a, 80801 München